Bianca

D1474092

Lynne Graham
El secreto de su amante

HARLEQUIN

Editado por HARLEQUIN IBÉRICA, S.A.
Núñez de Balboa, 56
28001 Madrid

© 2015 Lynne Graham
© 2015 Harlequin Ibérica, S.A.
El secreto de su amante, n.º 2381 - 22.4.15
Título original: The Secret His Mistress Carried
Publicada originalmente por Mills & Boon®, Ltd., Londres.

I.S.B.N.: 978-84-687-6131-2
Depósito legal: M-3023-2015
Editor responsable: Luis Pugni
Impresión en CPI (Barcelona)
Fecha impresion para Argentina: 19.10.15
Distribuidor exclusivo para España: LOGISTA
Distribuidor para México: CODIPLYRSA
Distribuidores para Argentina: Interior, DGP, S.A. Alvarado 2118.
Cap. Fed./Buenos Aires y Gran Buenos Aires, VACCARO HNOS.

Capítulo 1

EL multimillonario del petróleo griego, Giorgios Letsos había organizado la fiesta del año en su casa de Londres. No obstante, en vez de socializar con sus invitados, estaba respondiendo correos electrónicos y escapando de las mujeres que no habían cesado de perseguirlo desde que la noticia de su divorcio se había hecho pública.

–He oído –murmuró una voz femenina desde el otro lado de la puerta de la biblioteca, que se había quedado entreabierta cuando una de sus empleadas había ido a llevarle algo de beber–, que se ha deshecho de ella porque consumía drogas.

–He oído –añadió otra voz–, que la dejó con todas sus cosas en la puerta de casa de su padre en mitad de la noche.

A Gio le divirtió ver lo entretenidos que estaban sus invitados con tanta especulación. En ese momento sonó su teléfono móvil y lo descolgó.

–¿Señor Letsos? Soy Joe Henley de Henley Investigations...

–¿Sí? –respondió él, imaginando que el detective al que había contratado volvía a llamarlo para decirle que no tenía nada nuevo.

–La hemos encontrado... Al menos, en esta ocasión estoy seguro al noventa por ciento de que es ella –le dijo el otro hombre, consciente del error que había cometido en el pasado–. Le he hecho una fotografía y se la he enviado por correo electrónico. Tal vez quiera comprobar que es ella antes de que sigamos adelante.

De repente, Gio se olvidó de lo que estaba haciendo y se puso en pie de un salto, con los hombros muy rectos, mientras volvía a abrir el correo electrónico y buscaba el adecuado.

La foto no era demasiado buena, pero reconoció al instante la figura, pequeña y curvilínea, envuelta en un impermeable de flores, y se sintió nervioso y satisfecho al mismo tiempo.

–Le pagaré generosamente el hallazgo –le dijo al detective, con la mirada clavada en la fotografía por miedo a que desapareciese de repente, como ya había hecho en otra ocasión.

De hecho, Gio había pensado que jamás lograría encontrarla.

–¿Dónde está? –inquirió.

–Tengo la dirección, señor Letsos, pero todavía no tengo la información suficiente para hacer un informe completo –le explicó Joe Henley–. Si me da un par de días...

–Lo único que quiero es su dirección –lo interrumpió Gio con impaciencia.

Y entonces se dio cuenta de que estaba sonriendo por primera vez en mucho tiempo. Por fin la había encontrado. Eso no significaba que pretendiese perdonarla, se dijo, apretando los generosos labios en una expresión que habría hecho temblar a sus directores ejecutivos, porque Gio era un hombre duro, inflexible y testarudo, muy temido en el mundo de los negocios. Al fin y al cabo, Billie lo había dejado. De hecho, era la única mujer que se había atrevido a abandonarlo, pero allí estaba, su Billie, que seguía utilizando estampados florales y todavía tenía el pelo rizado y de color caramelo, aunque sus ojos verdes estaban demasiado serios.

–No eres un anfitrión muy activo –comentó una voz desde la puerta.

Era un hombre de estatura baja, todo lo contrario que él, y rubio, mientras que Gio era moreno, pero Leandros Conistis había sido su amigo desde el colegio. Ambos habían nacido en familias griegas ricas, privilegiadas y selectas, si bien disfuncionales, y a ambos los habían mandado a un exclusivo internado de Inglaterra.

Gio cerró el ordenador portátil y miró a su amigo.

–¿Acaso esperabas otra cosa?

–Eso suena arrogante, incluso viniendo de ti –le contestó Leandros.

–Los dos sabemos que aunque diese una fiesta sin alcohol en una cueva, estaría llena de gente –comentó él en tono seco, consciente de la importancia de su enorme riqueza.

–No sabía que ibas a dar una fiesta para celebrar tu divorcio.

–No estoy celebrando mi divorcio, sería de muy mal gusto.

–A mí no me engañas –le advirtió Leandros.

El rostro delgado y fuerte de Gio estaba desprovisto de expresión.

–Mi divorcio de Calisto ha sido muy civilizado...

–Y ahora vuelves a estar en el mercado y te ves rodeado de pirañas –comentó Leandros.

–Jamás volveré a casarme –le aseguró él muy serio.

–Nunca es demasiado tiempo...

–De verdad.

Su amigo no respondió y luego intentó animar el ambiente comentando:

–Al menos Calisto sabía que Canaletto no era el nombre de un caballo de carreras.

Gio se puso todavía más tenso. Tenía que admitir que aquel no había sido el momento más brillante de Billie.

–No me extraña que te deshicieras de ella –continuó Leandros–. ¡Vaya cabeza de chorlito!

Él no respondió. No le gustaba desnudar su alma ni siquiera con su mejor amigo.

En el garaje, Billie estaba repasando las prendas y la bisutería que había comprado esa semana para vender en su tienda de ropa *vintage*. Estaba haciendo montones para lavar, reparar o limpiar los artículos antes de sacarlos a la venta. Mientras lo hacía, no dejaba de hablarle a su hijo:

–Eres el bebé más bonito y adorable del mundo –le decía a Theo en tono cariñoso mientras el niño movía las piernas y le sonreía.

Suspirando, Billie estiró la dolorida espalda, pensando que al menos ya había empezado a perder los kilos que había ganado con el embarazo. El médico le había dicho que era normal, pero ella siempre había querido controlar su peso y sabía que engordar era mucho más fácil que adelgazar después. Y el problema era que siendo de estatura baja y pechos y caderas generosos, bastaban unos kilos de más para parecer un pequeño barril.

Decidió que se llevaría a todos los niños al parque y se dedicaría a darle vueltas a Theo con el cochecito.

–¿Quieres un café? –le preguntó Dee desde la puerta trasera.

–Sí, por favor, –respondió ella a su prima y compañera de casa.

Por suerte, no había vuelto a estar sola desde que había redescubierto su amistad con Dee, a los cuatro meses de embarazo. Se habían encontrado en el entierro de su tía en Yorkshire y había resultado que Dee también era madre soltera. Esta había aparecido en el funeral de su madre con un ojo morado y más hematomas que un boxeador y le había contado a Billie que estaba viviendo en un hogar de acogida con sus dos gemelos. En esos momentos, Jade y Davis tenían cinco años y habían empezado a ir al colegio. Para todos ellos, ir a vivir al pequeño pueblo en el que Billie había comprado una casa había sido empezar de cero.

Y vivían bien, se dijo Billie con firmeza, con un café entre las manos mientras oía quejarse a Dee de la cantidad de deberes que tenía Jade, aunque en realidad el problema fuese que a ella no se le daban bien las matemáticas. Billie se dijo que tenían una vida normal y corriente. Evidentemente, no había momentos de gran emoción, pero tampoco había enormes baches.

Ella jamás olvidaría lo mucho que había sufrido con su peor bache. Aquella época de su vida había estado a punto de destrozarla y todavía se estremecía al pensar en la depresión que había sufrido. Al final, había hecho falta un acontecimiento extraordinario y aterrador para que empezase a ver la luz al final del túnel. Contempló a Theo con una sonrisa de satisfacción.

–No es sano querer tanto a un bebé –le advirtió Dee con el ceño fruncido–. Los bebés crecen y acaban por dejarte. Theo es un bebé precioso, pero no puedes construir toda tu vida alrededor de él. Necesitas un hombre...

–De eso nada –le respondió Billie sin dudarlo–. Además, mira quién habla.

Dee, que era delgada, rubia y con los ojos azules, hizo una mueca.

–Tienes razón, pero yo no tengo las opciones que tienes tú –argumentó–. En tu lugar, por supuesto que saldría con hombres.

Theo agarró a Billie de los tobillos y se puso en pie muy lentamente. Teniendo en cuenta que había tenido las piernas enyesadas varios meses para corregir una displasia de cadera, era todo un avance. Por un segundo, Billie pensó en el padre del niño y eso no le gustó, no quería pensar en el pasado. Repasar los errores del pasado era contraproducente.

Dee miró a su prima con abierta frustración. Billie Smith era todo un imán para los hombres. Tenía el cuerpo de una Venus de bolsillo, una densa melena de rizos color caramelo y una cara muy guapa, además, su calidez y su atractivo sexual hacía que gustase mucho al sexo contrario. Intentaban ligar con ella en el supermercado, en un aparcamiento o en la calle, y si se les pinchaba una rueda se paraban a ofrecerle su ayuda. Dee habría sentido mucha envidia de ella si no hubiese sido porque Billie era también una mujer modesta y buena. Al igual que ella, había pagado un precio muy alto por enamorarse del hombre equivocado.

Llamaron con fuerza a la puerta.

–Yo iré –dijo Billie, ya que Dee estaba planchando y ella odiaba planchar.

Davis salió corriendo del salón y estuvo a punto de tropezar con Theo, que iba gateando detrás de su madre.

–¡Hay un coche enorme en la calle! –gritó el niño.

Billy pensó que sería una camioneta con la compra. Abrió la puerta y entonces retrocedió bruscamente, sorprendida y asustada.

–Ha sido muy difícil encontrarte –murmuró Gio, muy seguro de sí mismo.

El rostro de Billie se puso tenso, abrió mucho los ojos.

–¿Qué estás haciendo aquí? ¿Y para qué querías encontrarme, si se puede saber?

Gio clavó en ella su mirada oscura. Billie tenía veinticuatro pecas adornando la nariz y los pómulos. Él las había contado, por eso lo sabía. El color de sus ojos, sus delicadas facciones y la generosa boca no habían cambiado nada, siguió bajando la vista por la camiseta de algodón azul, desgastada, que se apretaba a sus pechos y no pudo evitar deseo por primera vez en mucho tiempo.

Gio sintió más alivio que rabia, ya que hacía demasiado tiempo que no sentía aquello por ninguna mujer, tanto, que había temido que su matrimonio lo hubiese desprovisto de toda masculinidad. Aunque era el primero en reconocer que ninguna mujer lo había atraído como Billie. En una ocasión, la había hecho viajar a Nueva York para una sola noche porque no podía soportar pasar otra semana más sin estar con ella en la cama.

Billie estaba tan alterada, tan horrorizada con la presencia de Gio Letsos que sintió que los pies se le habían quedado pegados a la alfombra. Lo miró, incapaz de creer que pudiese tener delante al hombre al que había amado, al hombre al que había creído que no volvería a ver. El corazón le latía con tanta fuerza que tuvo que obligarse a tomar aire y se sobresaltó cuando Theo la hizo volver a la realidad tirándole de los pantalones vaqueros para ponerse en pie.

–¿Billie? –la llamó Dee desde la puerta de la cocina–. ¿Quién es? ¿Ocurre algo?

–No, nada –respondió ella, agachándose a tomar a Theo en brazos y mirando a sus sobrinos, que estaban observando a Gio como si fuese un extraterrestre–. ¿Te puedes ocupar de los niños?

La voz le salió ronca y temblorosa y tuvo que hacer un esfuerzo por volver a centrar la atención en Gio mientras Dee tomaba en brazos a Theo y pedía a sus propios hijos que fuesen a la cocina con ella, donde se encerraron los cuatro.

–Te he preguntado qué haces aquí y por qué me has buscado –le recordó Billie a su inesperado visitante.

–¿Vamos a mantener este anhelado encuentro en la puerta? –le preguntó Gio en tono suave.

–¿Y por qué no? –susurró ella, intentando apartar la mirada de su atractivo rostro, recordando la de veces que había pasado los dedos por su grueso pelo moreno–. ¡No tengo por qué dedicarte mi tiempo!

A Gio le desconcertó aquella respuesta de una mujer que, en el pasado, siempre lo había respetado y había hecho todo lo posible por complacerlo.

–Estás siendo muy grosera –le dijo en tono frío.

Billie agarró la puerta con fuerza mientras se preguntaba si solo se mantenía en pie gracias a ella. Gio era un hombre elegante, controlado y dominante, y no podía evitarlo. Aunque él no se diese cuenta, la vida lo había mimado. La gente lo adulaba y hacía todo lo que podía por ganarse su aprobación. Y ella también lo había hecho. Nunca se había enfrentado a él, nunca le había dicho lo que sentía en realidad, siempre le había dado demasiado miedo estropearlo todo y perderlo. Solo una mujer muy ingenua había podido evitar darse cuenta de que sería él quien decidiese dejarla.

Billie se dio cuenta de que la vecina los estaba mirando desde la verja del jardín y que estaba lo suficientemente cerca como para oír la conversación.

–Será mejor que entres.

Gio pasó al minúsculo salón y tuvo cuidado para no pisar los juguetes que había repartidos por todo el suelo. Mientras apagaba la televisión, Billie pensó aturdida que ocupaba todo el espacio disponible. Era tan alto, tan fuerte, y a ella se le había olvidado que su presencia dominaba siempre cualquier habitación en la que estuviese.

–Me has dicho que he sido grosera –le dijo, acercándose a cerrar la puerta.

Le dio la espalda el mayor tiempo posible, preparándose para el explosivo efecto que su carisma tenía en ella. No le gustaba seguir sintiendo que saltaban chispas al estar con él. Gio era tan guapo que casi dolía mirarlo y Billie no había podido evitar recordar.

–Has sido grosera –le dijo él sin dudarlo.

–Tenía derecho. Hace dos años, te casaste con otra mujer –le recordó Billie, mirándolo por encima del hombro.

Le enfadaba que todavía le doliese aquello, pero, por desgracia, la realidad era que había valido para acostarse con él, pero no para ser su esposa.

–¡Ya no tenemos nada que ver!

–Me he divorciado –le dijo Gio entre dientes, porque nada estaba saliendo como había planeado.

Era la primera vez que Billie lo atacaba, jamás se había atrevido a cuestionarlo. Aquella nueva Billie lo había tomado por sorpresa.

–¿Y a mí qué me importa? –replicó ella rápidamente–. Creo recordar que me dijiste que tu matrimonio no era asunto mío.

–Pero tú lo utilizaste como excusa para dejarme.

–¡No necesitaba una excusa! Lo nuestro se terminó cuando tú te casaste. Nunca te dije que iba a seguir...

–¡Eras mi amante!

Billie sintió calor en las mejillas, como si acabase de recibir una bofetada.

–Para ti era eso. Yo estaba contigo porque me había enamorado, no por las joyas, ni la ropa, ni el apartamento de lujo –le explicó, nerviosa, enfadada.

–No tenías por qué haberte marchado. A mi mujer no le importaba que tuviese una amante –insistió Gio en tono impaciente.

Billie sintió ganas de llorar, se odió a sí misma y lo odió todavía más a él. Gio era tan insensible, tan egocéntrico. ¿Cómo había podido quererlo? ¿Y por qué la había buscado él?

–En ocasiones tengo la sensación de que hablas como un extraterrestre –le dijo ella, controlando su ira y su dolor–. En mi mundo, los hombres decentes no se casan con una mujer y continúan acostándose con otra. Para mí no es aceptable, como tampoco lo es que te casases con una mujer a la que no le importe que te acuestes con otra. Me parece deprimente.

–Ahora estoy libre –le recordó Gio, frunciendo el ceño mientras se preguntaba qué le habría pasado a Billie para cambiar tanto.

–No quiero ser grosera, pero me gustaría que te marchases –admitió ella.

–Ni siquiera has escuchado lo que te quiero decir. ¿Qué te pasa? –inquirió Gio.

–No quiero oír lo que me quieres decir. ¿Por qué iba a hacerlo? ¡Hace mucho tiempo que rompimos!

–No rompimos... Tú te marchaste, desapareciste –la contradijo él.

–Gio... me dijiste que tenía que abrir los ojos

cuando me informaste de que ibas a casarte, y eso fue exactamente lo que hice... Te obedecí, como hacía siempre –murmuró Billie–. Abrí los ojos y eso significa que ya no quiero escucharte.

–No te reconozco.

–Es normal. Hace dos años que no nos vemos y ya no soy la misma persona –le informó ella, orgullosa.

–Tal vez deberías mirarme a los ojos y repetirme eso –la retó Gio, dándose cuenta de que estaba muy tensa.

Billie se sonrojó, por fin se dio la vuelta y chocó peligrosamente contra su mirada oscura. La primera vez que había visto aquellos ojos Gio había estado enfermo, con fiebre muy alta, pero su mirada había sido igual de fascinante. Ella tragó saliva.

–He cambiado...

–No me convences, *moli mou* –respondió él, mirándola fijamente y disfrutando de la electricidad que había entre ambos.

Vio cómo Billie se ponía tensa de deseo y no necesitó saber más. Nada había cambiado, sobre todo, la química que había entre ambos.

–Quiero que vuelvas.

Sorprendida, Billie dejó de respirar, pero entonces se dio cuenta de que el matrimonio de Gio había fracasado y que a él no le gustaban los cambios en su vida privada. Así que lo más normal era que se reconciliase con su anterior amante.

–De eso nada –le respondió.

–Yo te sigo deseando, y tú me deseas a mí...

–Tengo una vida nueva y no puedo abandonarla –murmuró Billie–. Lo nuestro... no funcionó...

–Funcionaba estupendamente –la contradijo Gio.

–¿Y tu matrimonio no? –inquirió ella sin poder evitarlo.

Su expresión se volvió indescifrable.

–Dado que estoy divorciado, es evidente que no. Lo que sí funcionaba era lo nuestro... –insistió, agarrándole las manos.

–Depende de cómo definas tú el término funcionar –respondió Billie, notando que le temblaban las manos y que estaba sudando–. Yo no era feliz...

–Siempre estabas contenta –le aseguró Gio.

Ella intentó zafarse, pero no pudo.

–No era feliz –repitió, estremeciéndose al aspirar su característico olor, que ya casi había olvidado–. Por favor, suéltame, Gio. Has perdido el tiempo viniendo aquí.

Él la besó con una urgencia y un anhelo que Billie no había olvidado y que hizo que se estremeciese y que sintiese calor entre las piernas. Entonces oyó llorar a Theo en la cocina y su sentido maternal hizo que volviese a la realidad.

Se apartó de él y lo miró a aquellos ojos que le habían roto el corazón, y entonces le dijo lo que le tenía que decir:

–Por favor, márchate, Gio...

Lo vio subir a la limusina negra desde la ventana, con las uñas clavadas en las palmas de las manos. Casi sin intentarlo, Gio la había roto en dos y le había demostrado que no lo había olvidado por completo. Dejarlo marchar había sido muy difícil y todavía había una parte en ella que deseaba hacerlo volver, pero sabía que no tenía sentido, porque Gio se pondría furioso si se enteraba de que Theo era su hijo.

Billie lo había sabido desde el principio, desde que se había quedado embarazada por accidente y había decidido tener un hijo con un hombre que solo la quería por su cuerpo. Gio jamás la apoyaría ni la comprendería. A las pocas semanas de haber estado con ella, ya le había dicho que, si se quedaba embarazada, él lo consideraría un desastre y se acabaría su relación, así que Billie no podía decir que no se lo había advertido. Al final había decidido que si Gio no se enteraba, no sufriría. Y ella tenía tanto amor que dar que estaba segura de que Theo no echaría de menos tener un padre.

O eso había pensado... hasta que Theo había nacido y ella había empezado a preguntarse si había tomado la decisión correcta. Había habido momentos en los que se había sentido culpable y se había preguntado si no habría sido la mujer más egoísta del mundo por haber decidido tener un hijo que jamás tendría padre, y cómo reaccionaría el niño cuando fuese mayor y se lo contase todo.

¿La despreciaría Theo algún día, cuando se en-

terase de que solo había sido la amante de Gio?
¿Se enfadaría por haber crecido en un ambiente
pobre a pesar de haber tenido un padre rico? ¿La
culparía de haberlo traído al mundo en aquellas
condiciones?

Capítulo 2

BILLIE enterró el rostro en la almohada y lloró por primera vez en dos largos años, de nuevo por Gio. Cuando hubo sacado todo el dolor y el resto de emociones identificables que llevaba dentro, Dee se sentó a un lado de su cama y le acarició el pelo para reconfortarla.

–¿Dónde está Theo? –preguntó ella en un susurro.

–Lo he puesto a dormir la siesta.

–Lo siento –balbució Billie, levantándose de la cama para ir al cuarto de baño a lavarse la cara con agua fría.

Cuando reapareció, Dee la miró fijamente.

–¿Era él, verdad? ¿El padre de Theo?

Billie no podía ni hablar, así que se limitó a asentir.

–Es guapísimo –comentó Dee–. No me sorprende que te enamorases de él. Y ha venido en limusina. Dijiste que se ganaba bien la vida, pero no que fuese rico...

–Es rico –le confirmó Billie a regañadientes–. Y me ha dolido mucho volver a verlo.

–¿Qué quería?

–Algo que no va a conseguir.

Lo último que Gio había imaginado era que Billie lo iba a rechazar. Después de asignar la vigilancia de la casa a dos de sus hombres de seguridad para asegurarse de que no volvía a desaparecer, se le ocurrió que tal vez hubiese otro hombre en su vida. La idea lo enfadó tanto que estuvo varios minutos sin poder pensar con claridad. Por primera vez, se preguntó cómo se habría sentido Billie cuando él le había hablado de Calisto. No le gustaba complicarse con las mujeres, pero aquella se lo estaba poniendo difícil.

Se preguntó cómo había podido pensar que su reacción sería diferente. Billie le había pedido que se marchase. Se había mostrado enfadada con él. Le recriminaba que se hubiese casado con otra mujer. Gio se pasó los dedos por el pelo con frustración. ¿No se le habría ocurrido pensar que podía casarse con ella?

Era el cabeza de familia desde que su abuelo se había puesto enfermo y siempre había sido su papel y responsabilidad mantener unido al aristocrático, conservador y extremadamente pudiente clan de los Letsos. De niño, había prometido no cometer los mismos errores que había cometido su padre. Su bisabuelo había tenido una amante, lo mismo que su abuelo, pero su padre había sido menos convencional. Dmitri Letsos se había divorciado de su madre para casarse con su amante, en un acto de absoluta deslealtad hacia su propia sangre. La unidad de la familia jamás se había recuperado de aquel golpe y su padre había perdido todo el respeto. La madre de Gio había fallecido y tanto él como sus hermanas habían tenido una niñez complicada mientras Dmitri había estado a punto de hacer quebrar el negocio familiar por satisfacer los caprichos de su segunda mujer.

En cualquier caso, si Billie se estaba acostando con otro, pronto lo sabría, se dijo Gio con los dientes apretados. Veinticuatro horas más tarde tendría el informe de Henley Investigations. Por desgracia, no era un hombre paciente y había dado por hecho que Billie se lanzaría a sus brazos al enterarse de que se había divorciado. ¿Por qué no lo había hecho?

Su respuesta cuando la había besado había sido... ardiente. Gio se excitó solo de recordarlo y su libido y su cerebro le dijeron claramente el qué y a quién necesitaba en su vida. Se preguntó si debía mandarle flores. A Billie le encantaban las flores y él había sido un egoísta por no haberle comprado una casa con jardín. En cualquier caso, Billie era la primera mujer que lo había rechazado en toda su vida. Gio sabía que podía tener a la mujer que quisiera, pero eso no lo consoló, lo único que quería era que Billie volviese al lugar en el que tenía que estar: su cama.

Después de pasar muy mala noche, Billie se levantó al amanecer, dio el desayuno a los tres niños y recogió la casa. Solo pasaba tiempo con Dee los fines de semana. Durante la semana, era ella la que llevaba a los niños al colegio para que Dee, que trabajaba por las noches de camarera en un pub, pudiese dormir un poco más. Ella se llevaba a Theo al trabajo y Dee lo recogía a la hora de la comida y pasaba la tarde con los tres niños. Cuando Billie cerraba la tienda, cenaban temprano y después Dee se marchaba a trabajar. A ambas les venía bien aquel sistema y a Billie le gustaba vivir con Dee y poder disfrutar de su compañía. Los dos años que había pasado en un apartamento en la ciudad, en los que solo Gio había ido a visitarla de manera ocasional, se había sentido muy sola.

Aunque había aprovechado bien el tiempo y se había sacado varios certificados de educación secundaria y el bachillerato, además de haber hecho varios cursos de cocina, decoración floral y creación de negocios. Gio no se había enterado, o no había mostrado el menor interés en lo que hacía cuando él no estaba allí. No obstante, a Billie le había subido mucho la autoestima recuperar el tiempo perdido en su educación mientras cuidaba de su abuela. Al fin y al cabo, cuando había conocido a Gio había estado trabajando de limpiadora porque no tenía la cualificación necesaria para aspirar a un puesto mejor.

Mientras colocaba la bisutería en el viejo aparador que había comprado con ese fin, pensó en su pasado. Al contrario que Gio, ella no tenía un árbol genealógico completo o, si lo tenía, no lo conocía. Su madre, Sally, había sido hija única y había tenido una adolescencia muy complicada. La única que le había hablado de ella había sido su mezquina abuela, así que sabía que tenía que tomar toda la información con pinzas. Billie no se acordaba de su madre y no tenía ni idea de quién era su padre, aunque sospechaba que se podía llamar Billy.

La abuela y la madre de Billie habían vivido separadas mucho tiempo antes de que Sally apareciese en casa de sus padres con Billie en brazos. Su abuelo había convencido a su abuela de que la dejase pasar una noche con ellos, decisión que su abuela había lamentado toda la vida, porque a la mañana siguiente se habían encontrado con que Sally había desaparecido y había dejado al bebé allí.

Por desgracia, su abuela nunca la había querido ni la había tratado con cariño, a pesar de haber recibido una ayuda de los servicios sociales por criarla. Su abuelo había sido más cariñoso, pero había bebido demasiado y no siempre había estado en condiciones de interesarse por ella. Billie había pensado muchas veces que su niñez era el principal motivo por el que siempre había sido como un pelele para Gio. Su deseo por ella y su aparente necesidad de cuidarla era lo más parecido al amor que Billie había conocido. Así que, aunque jamás se lo había dicho, había sido feliz con él porque se había sentido querida... hasta el horrible día en que Gio le había contado que tenía que casarse y tener un hijo por el bien de su familia y de su imperio.

Que ni siquiera hubiese pensado en ella como candidata a recibir su anillo había hecho que Billie se sintiese triste y humillada. Empezó a poner el precio a los nuevos artículos mientras Theo dormía tranquilamente en la cuna de viaje que había en la parte trasera de la tienda. Billie atendía a los clientes que entraban a comprar y hacía solo un mes que había contratado a su primera empleada, Iwona, que era polaca y que trabaja las horas que ella no podía estar allí. El negocio estaba funcionando bien y Billie se sentía esperanzada. Siempre le había gustado la ropa antigua y solo vendía prendas de calidad. Poco a poco, había ido consiguiendo una clientela fija.

Gio salió de la limusina mientras su conductor discutía con un guardia de tráfico y el equipo de seguridad bajaba del vehículo que iba detrás. Miró la fachada de la tienda, adornada con el nombre *Billie's Vintage*, y frunció el ceño. No era posible que Billie hubiese abierto un negocio, pero tenía la prueba delante de sus propios ojos. Sacudió la cabeza con arrogancia, pensó que las mujeres eran seres extraños e impredecibles, y se preguntó si realmente había conocido a Billie tan bien como había pensado, porque nada de lo que había dicho o hecho hasta entonces había estado en su lista de posibles reacciones. Frunció el ceño todavía más. Tenía proyectos muy importantes que atender, personas a las que ver y, no obstante, allí estaba.

Dee e Iwona llegaron casi al mismo tiempo a la tienda. Dee colocó a Theo en su cochecito y le preguntó a Billie qué quería de cena mientras Iwona le envolvía la compra a una clienta. Entonces entró Gio y a Billie se le quedó la mente en blanco y no pudo responder a su prima.

Iba vestido con un elegante traje gris oscuro y estaba tan guapo que la dejó sin aliento. La camisa blanca hacía resaltar su piel morena. Billie sintió calor entre los muslos y los apretó con fuerza mientras notaba cómo se ruborizaba. También sintió que se le hinchaban los pechos y se le endurecían los pezones. Y la reacción la horrorizó.

–Billie... –la saludó él con voz aterciopelada, actuando como si su presencia allí fuese lo más normal del mundo.

–Gio... –balbució ella entre dientes–. ¿Qué haces aquí?

–No eres tonta, así que no te lo hagas –le aconsejó él, mirando a su alrededor–. Veo que has abierto una tienda...

–Tú me dejaste –espetó ella sin poder contener la amargura.

Al fin y al cabo, era la realidad. La había dejado para casarse con otra mujer.

–Aquí no podemos hablar. Nos pondremos al día en mi hotel, mientras comemos –decidió Gio, agarrándola del brazo.

–Como no me sueltes, te daré una bofetada –lo amenazó ella entre dientes.

A él le brillaron los ojos, casi como si quisiese ponerla a prueba.

–¿Vamos a comer, *pouli mou*?

–No tenemos nada que decirnos –le respondió Billie, dándose cuenta de que seguía agarrándola del brazo, obligándola a permanecer a su lado.

Él sonrió y clavó la vista en sus labios rosados.

–En ese caso, puedes escucharme...

Billie sintió un cosquilleo en el estómago.

–No quiero hablar contigo, ni tampoco escucharte...

–Qué dura.

Entonces, Gio hizo algo que Billie jamás habría imaginado que haría en público. Se inclinó y la tomó en brazos para después dirigirse hacia la puerta.

–¡Déjame, Gio! –le gritó, sujetándose el vestido de flores, que se le había subido–. ¿Te has vuelto loco?

Este miró a las dos mujeres que había detrás del mostrador y les explicó:

–Me llevo a Billie a comer. Volverá dentro de un par de horas.

–¡Gio! –gritó Billie, mientras veía reírse a su prima.

El conductor abrió la puerta de la limusina y Gio la metió en la parte trasera sin ningún miramiento.

–Tenías que haber imaginado que no iba a quedarme allí, discutiendo contigo con público y todo –le dijo–. En cualquier caso, se me ha agotado la paciencia y tengo hambre.

Ella se estiró la falda con movimientos bruscos, enfadada.

–¿Por qué no te volviste a Londres ayer?

–Deberías saber que tu negativa ha hecho que me reafirme en mi decisión.

Billie puso los ojos verdes en blanco y replicó:

–¿Cómo iba a saberlo, si ha sido la primera vez que te he dicho que no a algo?

Para su desconcierto, Gio se echó a reír.

–Te he echado de menos, Billie.

Ella giró el rostro, conmovida y dolida por aquella afirmación.

–Te casaste con otra. ¿Cómo has podido echarme de menos?

–No lo sé, pero es así –le aseguró él–. Formabas parte de mi vida.

–No, era solo como un pequeño cajón en tu enorme armario –le contestó ella–. Nunca formé parte del resto de tu vida.

A Gio le sorprendió mucho aquella declaración. La había llamado dos veces al día todos los días, estuviese donde estuviese, por muy ocupado que estuviese, ya que su animada y alegre conversación siempre le había servido de respiro. Lo cierto era que nunca había tenido una relación tan cercana con ninguna otra mujer. Había confiado en ella y siempre había sido sincero, algo muy extraño entre dos personas solteras, al menos, en su mundo. Y, no obstante, estaba empezando a darse cuenta de que lo único que le importaba a Billie era que se había casado con Calisto. Billie, que jamás se había mostrado celosa, había sentido celos de Calisto, y eso no le gustaba.

Desde niño, Gio había aprendido a no dejarse afectar por las emociones, ya que sabía que estas solo complicaban las cosas. Siempre le había parecido mejor dejarse llevar por la tranquilidad y el sentido común, en todos los aspectos de su vida, no solo con Billie. No obstante, el pasado era el pasado y no podía cambiarlo, y la vida le había enseñado que, con el dinero suficiente, energía y determinación, podía conseguir lo que se propusiese.

Sin embargo, Billie no era una persona práctica, se dejaba llevar siempre por la emoción, y tal vez fuese eso lo que lo atraía tanto de ella. Vio que estaba colorada del enfado y deseó tumbarla sobre los asientos y demostrarle que había respuestas mucho más satisfactorias. El sexo con ella era increíble. Solo de pensarlo, se excitó. Estar a su lado sin poder tocarla ni hacerla suya, le resultó no solo extraño, sino también una dulce tortura.

–Quiero que vuelvas conmigo –le dijo–. He estado buscándote desde que desapareciste.

–A tu mujer ha debido de encantarle.

–Deja a Calisto fuera de esto...

A Billie le dolió incluso oír su nombre. Supo que

estaba siendo demasiado sensible. Hacía dos años
que Gio se había casado con otra mujer y ella tenía
que superarlo. Aquel hombre le había roto el corazón.

–No puedo creer que estés perdiendo el tiempo
con esto –admitió de repente–. ¿Qué haces aquí?
¿Para qué quieres volver a verme? ¡No tiene sentido, para ninguno de los dos!

Gio estudió su rostro y se preguntó qué era lo
que le gustaba tanto de ella. No tenía una belleza
estándar. Su nariz era respingona y los ojos y la
boca, demasiado grandes. Además, cuando salía de
la ducha su pelo era un desastre.

–Deja de mirarme así –le pidió Billie.

–¿Cómo?

–Como si todavía... ya sabes –respondió ella,
bajando la mirada.

–¿Como si todavía desease estar dentro de ti?
–contestó él–. Es la verdad, en estos momentos, no
puedo pensar en otra cosa...

–No me hacía falta saber eso, Gio. Ha sido un
comentario muy inapropiado...

Él pasó un dedo por el dorso de su mano.

–Al menos he sido sincero, todo lo contrario
que tú...

–¡No voy a volver contigo! –lo interrumpió en
voz alta–. Ahora tengo otra vida...

–¿Y otro hombre? –inquirió Gio.

Y Billie decidió utilizar esa excusa como salva-
vidas.

–Sí. Hay otra persona.

Gio se puso tenso.

–Háblame de él.

Billie estaba pensando en su hijo.

–Es una persona muy importante para mí y jamás haría nada que pudiese hacerle daño.

–Haré lo que haga falta para que vuelvas conmigo –le advirtió él.

La limusina se detuvo delante de su hotel y el conductor bajó a abrirles la puerta. Gio pensó en ese momento que no era tan respetuoso de las leyes como había pensado, ya que estaba dispuesto a hacer cualquier cosa para recuperar a Billie.

–¿Hay algún motivo por el que no me puedas dejar ser feliz sin ti? –le preguntó ella, mirándolo fijamente–. Yo pienso que he hecho siempre lo correcto.

Él se sintió furioso. Si Billie estaba con otro hombre, tendría que deshacerse de él, porque no era posible que tuviese con otro la química que tenía con él. Billie siempre había sido suya y solo suya.

Estaban atravesando el recibidor del lujoso hotel cuando una voz conocida llamó a Billie, que se quedó inmóvil y se giró sonriendo. Ya se estaba acercando a ellos un hombre rubio y alto, vestido de sport, pero con ropa muy cara.

–Simon, ¿qué tal estás? –le preguntó Billie en tono afable.

–Tengo que darte una dirección –le dijo él, metiéndose la mano en el bolsillo–. ¿Llevas un bolígrafo?

Ella se dio cuenta de que se había dejado el bolso en la tienda. Miró a Gio.

–¿Un bolígrafo?

Este, que no estaba acostumbrado a que no lo incluyesen en una conversación, se sacó un bolígrafo de oro del bolsillo.

Simon lo tomó y escribió una dirección en el dorso de una tarjeta de visita.

–Seguro que te gusta lo que hay y no es muy caro. La vendedora solo quiere deshacerse de todo.

Ajena a la realidad de que Gio estaba a su lado como si fuese una columna, Billie sonrió al otro hombre.

–Gracias, Simon.

Este la miró con apreciación y añadió:

–¿Qué tal si te invito a comer un día de estos?

Gio puso un brazo alrededor de los hombros de Billie.

–Por desgracia, está ocupada.

Billie se ruborizó, pero siguió sonriendo.

–Me encantaría, Simon. Llámame –le sugirió, sabiendo que solo lo hacía porque Gio estaba delante y sintiéndose culpable por ello.

–¿De qué hablabais? –le preguntó Gio mientras entraban en el ascensor.

–Simon es anticuario y me avisa cuando hay ventas. Conozco a varios anticuarios, de hecho, así es como empecé con mi negocio –le explicó ella, orgullosa.

–Puedes abrir una tienda en Londres. Yo te la pagaré –le propuso Gio muy serio.

A Billie no pareció impresionarle el ofrecimiento.

–Bueno, de manera indirecta has pagado esta y también mi casa, así que no creo que fuese correcto que pagases más.

–¿De qué estás hablando?

–Vendí una de las joyas que me regalaste para disponer de efectivo.

Gio frunció el ceño.

–Si me devolviste todo lo que te había regalado.

–No, me quedé una cosa. Tu primer regalo –le explicó Billie–. No tenía ni idea de cuánto valía, y te aseguro que me llevé una sorpresa.

–¿Qué era?

Gio ni siquiera se acordaba del primer regalo que le había hecho y habría jurado que Billie se había marchado sin llevarse absolutamente nada.

–Me extraña que todavía no estés arruinado. Casi no me conocías y te gastaste una fortuna en un colgante con un diamante –lo criticó ella–. Fue suficiente para comprarme una casa y montar la tienda. ¡No podía creer que valiese tanto!

Gio abrió la puerta de su habitación y entonces se acordó del regalo. Lo había comprado después de haber pasado la primera noche con ella y le enfureció pensar que Billie lo había vendido, como si no significase nada para ella.

–No me creo que haya otro hombre en tu vida.

–No voy a volver contigo –le dijo Billie en tono de disculpa–. ¿Por qué iba a querer una tienda en Londres? Soy feliz aquí. Y, lo creas o no, ahí afuera hay hombres dispuestos a llevarme a un restaurante en vez de esconderme en su habitación.

Fue un golpe muy directo y Gio palideció.

–Estamos en mi habitación porque teníamos que hablar en privado.

Billie sonrió.

–Tal vez hoy sea así, Gio, pero nunca me llevaste a un lugar público en dos años. Podías haber estado casado desde el principio. Yo no era más que un sucio secreto en tu vida.

–Eso no es cierto.

–Ya no merece la pena discutir acerca del pasado –decidió ella.

–Por supuesto que sí... Quiero que vuelvas conmigo –insistió Gio.

Llamaron a la puerta y él puso gesto de exasperación. Eran dos camareros que llegaban con un carrito con la comida.

Billie se cruzó de brazos y pensó en el caballo de carreras favorito de su abuelo, Canaletto, y en que cuatro años antes se había enterado de que también era el nombre de un artista. Recordó su metedura de pata y volvió a sentir vergüenza. Por desgracia, la única vez que Gio la había llevado con sus amigos Billie había quedado en ridículo... y lo había puesto a él en evidencia.

A pesar de que Gio no se había enfadado ni la había criticado por ello, había intentado no hablar del incidente. No obstante, Billie era consciente de que lo había avergonzado en público y, sobre todo, de que había dejado ver con toda claridad que procedían de dos mundos completamente distintos.

Ese era el motivo por el que no se había quejado nunca de que Gio la excluyese de su vida social. Billie se sintió triste al recordar lo ingenua que había sido durante los primeros meses de su relación, antes de darse cuenta de que no era la novia de Gio, sino su amante, poco más que un entretenimiento que jamás sería tomado en serio.

–Estás demasiado callada. No estoy acostumbrado a que estés tan silenciosa conmigo –confesó Gio, cada vez más frustrado, apoyando las manos en los hombros de Billie y masajeándoselos–. Habla conmigo, Billie. Dime lo que quieres.

Ella notó cómo el calor de sus manos se extendía por toda la espalda y tuvo que hacer un gran esfuerzo por no apoyarse en su cuerpo y buscar refugio en él. Se apartó y se dejó caer en un sillón, delante de la mesa con la comida. Que Gio le pidiese que hablase con él no era habitual, era un hombre al que no le gustaban las conversaciones serias y que intentaba evitar momentos cargados de emoción.

–No tenemos nada de qué hablar –le respondió.

Empezó a comer con repentino apetito y así encontró una excusa para no mirar a Gio. Gio, uno

de los hombres más guapos del mundo. Un hombre
que estaba fuera de su alcance. Era rico y tenía
éxito, era guapo y elegante, educado y procedente
de una familia con pedigrí. Si ella se hubiese dado
cuenta de todo aquello desde el principio, jamás
habría tenido nada con él y este nunca le habría hecho daño.

–¿De verdad hay otro hombre? –le preguntó
Gio en voz baja.

Ella se quedó pensativa y se ruborizó cuando
sus ojos se encontraron con los de él. Tomo aire y
pretendió mentir, pero no pudo.

–No –admitió a regañadientes–, pero eso no
cambia nada.

–En ese caso, ambos somos libres –murmuró
Gio, llenándole la copa de vino.

–No tengo la menor intención de volver contigo
–le aseguró Billie, dando un sorbo a su copa.

Pensó en el sabor del vino y se preguntó si Gio
se echaría a reír si le decía qué le sugería. Al fin y
al cabo, había hecho un curso de cata y nunca había tenido la oportunidad de demostrar lo que había aprendido en él.

–Pero estábamos bien juntos.

Billie negó con la cabeza, muy seria.

Gio bebió su vino y la miró fijamente. Iba vestida con un vestido verde claro y una blusa de flores que no tenían nada que ver con la moda del
momento, pero los colores y las líneas eran elegantes. Cuando se había sentado, la falda se le había

ceñido al trasero y Gio se había puesto tenso del
deseo. Se había preguntado cómo podía tentar a
una mujer tan poco ambiciosa. No quería su dinero, nunca lo había querido, y en una ocasión le
había dicho que él tampoco necesitaba un yate,
porque nunca tendría tiempo de utilizarlo. Y era
cierto, el yate le costaba una fortuna y estaba ama-
rrado en Southampton.

Los camareros volvieron a servir el plato principal. Billie se dio cuenta de que la miraban con
curiosidad. A esas alturas, todo el personal del hotel debía de saber quién era Gio, Giorgios Letsos,
el multimillonario del petróleo conocido en el
mundo entero. La prensa lo adoraba porque llevaba
vida de hombre rico y salía muy bien en las fotografías. Calisto también había sido muy fotogé-
nica, con su inmaculado pelo rubio, sus rasgos perfectos y su esbelto cuerpo. A su lado, Billie habría
parecido gorda, bajita y chabacana. Le había bas-
tado con ver la primera fotografía de la otra mujer
para darse cuenta de que físicamente no tenían
comparación.

Gio intentó reducir la tensión hablando de sus
últimos viajes por el mundo. Ella le hizo algunas
preguntas sin importancia acerca de un par de em-
pleados suyos a los que había conocido.

Mientras se tomaban el postre, una deliciosa
mezcla de frutas del bosque frescas y merengue, le
preguntó también si seguía teniendo el apartamento.

–No, ya no.

Billie dio por hecho que eso significaba que no había puesto a otra mujer a ocupar su lugar, se sintió aliviada y tuvo que beber vino y hacer un esfuerzo para pensar en otra cosa. Ya no era asunto suyo con quién se acostase. Desde que Gio se había casado con Calisto, la había reemplazado en todos los aspectos. Gio había elegido a Calisto para que se sentase enfrente de él a la mesa del comedor de su bonita casa griega, que ella nunca había visitado. Gio había decidido salir en público con Calisto porque habían sido una pareja de verdad y era evidente que había querido que fuese ella la madre de sus hijos...

Capítulo 3

EL DOLOR de aquella realidad la traspasó y, de repente, no pudo soportarlo más. No quiso seguir pareciendo civilizada, puso ambas manos encima de la mesa y se levantó de manera brusca.

–¡No puedo hacer esto! –protestó–. ¡Quiero irme a casa ahora mismo!

Sorprendido, él se levantó también, con el ceño fruncido y curiosidad en el rostro.

–¿Qué te pasa?

–¡Cómo es posible que me hagas esa pregunta, dadas las circunstancias! –exclamó Billie–. No quería volver a verte nunca jamás. ¡No quiero que nada me recuerde el pasado!

–Billie... –murmuró Gio, agarrando sus temblorosos hombros y mirándola a los ojos–. Cálmate...

–No puedo... No soy como tú... Nunca lo he sido. ¡No se me da bien fingir!

Respiró con dificultad, tenía ganas de llorar y eso la aterró, porque en el pasado siempre había conseguido ocultarle sus crisis emocionales a Gio y se sentía orgullosa de cómo se había controlado a pesar de lo mucho que había sufrido.

–No deberías estar aquí... Tenías que haberme dejado en paz, con mi nueva vida.

Gio pasó un dedo por su labio inferior.

–Lo haría si pudiese, pero tenía que volver a verte.

–¿Por qué?

–Porque cuando te marchaste todavía no habíamos acabado.

Billie se sintió dolida y frustrada.

–Por supuesto que habíamos acabado, ¡te ibas a casar con otra! –le recordó.

–Tenía que volver a verte para averiguar si todavía te seguía deseando –le explicó Gio, tomando su rostro con ambas manos–. Y la respuesta es que sí.

Billie apartó el rostro bruscamente de sus manos.

–Eso no significa nada.

–¡Para mí significa mucho más de lo que piensas! –rugió Gio, perdiendo la paciencia porque se encontraba en una situación desconocida para él.

–¡No lo suficiente como para que puedan cambiar las cosas! –replicó Billie, conteniendo el impulso de salir corriendo hacia la puerta como una niña asustada.

Gio la apresó entre sus brazos en un movimiento rápido y la miró fijamente con sus ojos oscuros.

–Es más que suficiente para los dos –la contradijo, sorprendido de que Billie siguiese rechazándolo, cuando lo normal era que fuese él quién tuviese que quitarse a las mujeres de encima.

–¡Déjame marchar!

–No. No quiero que vuelvas a desaparecer, no puedo permitirte que vuelvas a hacer semejante estupidez.

–No puedes obligarme a hacer nada que yo no quiera hacer...

–¿Y si es algo que sí quieres hacer? –le respondió él con picardía, inclinando la cabeza para pasar la lengua por sus labios.

Sorprendida, Billie se echó hacia atrás, pero el aliento caliente de Gio le acarició la mejilla y sus labios chocaron contra los de ella, impidiéndole respirar. Los labios de Gio eran suaves y la besaron con una inusitada delicadeza, y Billie no pudo evitar levantar la barbilla para pedirle más.

Gio sonrió contra su boca. La deseaba más de lo que había deseado nada o a nadie jamás e iba a luchar por ella porque sabía que así restauraría el oasis de paz que necesitaba en su vida privada. Pasó una mano por su espalda y con la otra la agarró por la cintura. Le mordisqueó el labio inferior y después volvió a besarla. Enterró los dedos en su pelo rizado y profundizó el beso.

Los pechos de Billie chocaron contra el sólido muro de su torso. Le costaba respirar y estaba viéndose bombardeada por una serie de sensaciones que se había obligado a olvidar. Se le había olvidado lo cariñoso que Gio podía ser y tenía el corazón acelerado porque hacía demasiado tiempo que no estaba con un hombre, demasiado tiempo que no se había permitido a sí misma ser la mujer apasionada que había en su interior.

Gio metió la lengua entre sus labios y profundizó el beso mientras apretaba las caderas contra el cuerpo de Billie, que se dio cuenta de lo excitado que estaba Gio a pesar de la ropa.

Billie notó que Gio la levantaba, pero estaba tan extasiada con sus besos que hizo caso omiso. Gio era mucho más embriagador que el vino y había conseguido que a Billie le diese vueltas la cabeza. Notó que su espalda tocaba una superficie blanda y Gio levantó la cabeza morena, la miró fijamente y le dijo:

–La corbata me está ahogando.

Y tiró de ella y del cuello de la camisa, haciendo saltar el primer botón.

Aquel era un comentario típico de él, que evitaba así un momento cargado de emoción. No obstante, Billie lo miró y no pudo pensar en nada más. La fuerza de la pasión la envolvió. Gio se quitó la chaqueta y, a patadas, le quitó a ella los zapatos.

–No puedo volver a dejarte marchar, *pouli mou*.

–Tienes que hacerlo... no podemos... –susurró ella con la respiración entrecortada, dándose cuenta de repente de que estaba tumbada en una cama.

–Bésame –le pidió él–. *Theos*, cómo me gusta tu boca...

«Solo un beso más», se dijo Billie, notando cómo su cuerpo recuperaba la vida después de mucho tiempo adormilado. El sabor de Gio era delicioso. Billie lo agarró de los fuertes bíceps y lo besó en el cuello, chupó la sal de su piel. Gio se apretó contra ella y el peso de su cuerpo y el olor de su piel hicieron que volviese al pasado.

Gio se tumbó de lado para quitarle la chaqueta y bajarle la cremallera del vestido. Se lo bajó y acarició sus maravillosos pechos con un ansia que ya no podía controlar.

El sensual hechizo se rompió cuando Gio le quitó el sujetador y tomó sus pechos con ambas manos para acariciarle los pezones endurecidos y después tomárselos con la boca. No podía quedarse quieta. En el fondo sabía que iba a arrepentirse de aquello, pero no era capaz de reaccionar, no era capaz de controlar la fuerza del deseo que estaba sintiendo.

Gio acarició con pericia el triángulo de encaje que había entre sus muslos y ella gimió. La besó de manera salvaje y Billie clavó las uñas en su espalda. Gio siguió atormentándola con sus caricias.

–¡Deja de hacer el tonto, Gio! –le dijo de repente.

Él sonrió, se echó a reír contra sus labios y recordó que era la única mujer que lo había hecho reír en la cama. También era probable que fuese la única mujer capaz de reducirlo al juvenil nivel de querer tener sexo con la mitad de la ropa todavía puesta.

Billie arqueó la espalda y se encontró con que Gio ya estaba preparado para penetrarla, y lo hizo. Ella gimió, echó la cabeza hacia atrás y arqueó más la espalda. Gio empezó a moverse en su interior, cada vez más deprisa, hasta que un intenso clímax sacudió todo su cuerpo.

Un par de segundos después de haberse saciado, Gio se volvió frío, se levantó de la cama, tomó la poca ropa que se había quitado y fue al cuarto de baño. Se sentía indignado y conmocionado por la intensidad de su propio deseo. Sin duda alguna, Billie era especial, maravillosa en la cama, pero nada más. Porque nadie mejor que él sabía que cualquier forma de apego ponía en peligro el poder de un hombre. Podía guardar las distancias con ella si quería, y podía vivir perfectamente sin ella. Billie era un capricho, no una necesidad.

Se quitó la ropa que le quedaba puesta y se dio una ducha. Con las manos apoyadas en las baldosas de la pared, mientras intentaba recuperar el control, le vinieron a la cabeza imágenes del peor día de su vida. Desear o necesitar demasiado a una mujer era una debilidad y una locura; disfrutar de un buen sexo era normal, y eso era lo que él acababa de hacer.

Capítulo 4

COMO si acabase de sufrir un accidente, Billie se sentó en la cama deshecha. Parpadeó y entonces se dio cuenta de lo que acababa de ocurrir, y se odió tanto que le dolió. Sorprendida, intentó enfrentarse a su propia traición. Gio ya no la iba a creer cuando le dijese que quería que la dejase en paz.

¿Cómo podía haber hecho aquello? Solo podía pensar en Theo. ¿Cómo había podido respetarse tan poco? ¿Tanto había echado de menos el sexo? Se puso la ropa interior con manos temblorosas. La puerta del cuarto de baño se abrió y ella se quedó inmóvil un instante, para después recoger su ropa, avergonzada.

–No tenía nada de esto planeado –le dijo Gio.

Ella se entretuvo poniéndose el sujetador para evitar mirarlo. Le sorprendió que no hubiese en su rostro una sonrisa triunfante porque había ganado, y a Gio le gustaba ganar mucho más que a la mayoría de las personas.

–No me lo creo –le contestó mientras se ponía el vestido.

Sabía lo manipulador y retorcido que podía llegar a ser.

–Deja que te ayude... –le dijo él, acercándose para subirle la cremallera del vestido.

Ella deseó darle un manotazo, pero pensó que eso solo conseguiría humillarla más.

–No lo tenía planeado –repitió Gio.

–De acuerdo, no lo tenías planeado –repitió Billie como un loro, poniéndose los zapatos.

Quería darse una ducha, pero estaba desesperada por desaparecer de su presencia y llegar a su casa, con su hijo.

–La semana que viene cumples veinticinco años –comentó él.

–Veintitrés –lo corrigió ella.

Gio la miró sorprendido.

–Veinticinco...

–Te mentí cuando nos conocimos –admitió Billie–. Me dijiste que no salías con adolescentes y yo tenía diecinueve años, así que me puse dos años.

Él la miró fijamente, con incredulidad.

–¿Me mentiste? ¿Solo tenías diecinueve años?

Billie asintió y se encogió de hombros.

–¿Qué más da eso ahora?

Él contuvo una mala contestación y apretó los labios. Había confiado ciegamente en ella y su sinceridad lo desarmó. Además, no le gustaba nada haberse acostado con una adolescente y no haberse dado cuenta. Por aquel entonces, él había tenido veintiséis años y había sido mucho más experto en la cama que ella.

–Llámame un taxi –le pidió–. Quiero irme a casa.

–Todavía no hemos llegado a un acuerdo...

–Y no vamos a hacerlo –lo interrumpió Billie–. Lo que acaba de ocurrir ha sido un accidente, un error... como quieras llamarlo, pero eso no significa que las cosas vayan a cambiar.

Billie pensó que Gio iba a protestar, pero él se quedó en silencio. A ella le dolió ver la rapidez con la que había pasado de perseguirla a mostrarse indiferente. Aunque no tenía que haberle sorprendido. Al fin y al cabo, Billie nunca había entendido que se sintiese interesado por ella.

–Volverás en la limusina –le dijo él–. Yo tengo que trabajar para recuperar el tiempo perdido. Tengo un equipo que va a venir a trabajar conmigo dentro de una hora. Te llamaré mañana.

Billie negó con la cabeza.

–No tiene sentido. Déjame en paz. Tú vete por tu lado y yo, por el mío. Es la única opción sensata, después de tanto tiempo.

Gio se sintió furioso al ver a Billie tan fría.

–Estás empezando a ofenderme –admitió con aquella desconcertante sinceridad que utilizaba en ocasiones para desestabilizar a su adversario.

Sacó su teléfono y habló en griego.

–Lo mejor será que te marches ahora y pienses bien lo que vas a hacer.

Billie se ruborizó.

–Ya lo he pensado...

–Si me marcho, no volveré jamás –le advirtió Gio–. Piénsalo bien antes de decirme lo que quieres.

Ella se sintió consternada. Quería que Gio se marchase y la dejase en paz, por supuesto que sí. No tenía la menor duda. Tenía que proteger a Theo, porque Gio se pondría furioso si se enteraba de su existencia. Su familia era muy tradicional y conservadora, y no le gustaban los niños nacidos fuera del matrimonio. Billie sabía que el padre de Gio había tenido un hijo ilegítimo con su amante, la hermanastra de Gio, a la que la familia de este no reconocía ni aceptaba en su selecto círculo.

Se dio cuenta de que Gio estaba empezando a entrar en razón e intentó sentirse aliviada, pero entonces este la acompañó hasta el ascensor y se dio la vuelta sin mirar atrás, y ella no pudo sentirse bien con lo que acababa de ocurrir. Estaba hecha un lío, por dentro y por fuera, ni siquiera se había peinado. En el espejo del ascensor vio a una mujer con los labios hinchados, despeinada y con mirada de culpa. ¿Podía echarle la culpa al vino? ¿A la falta de sexo? ¿A los recuerdos? ¿O tenía una debilidad llamada Gio Letsos? Y, sin querer, se puso a recordar la primera vez que lo había visto.

El abuelo de Billie había fallecido cuando ella tenía once años. Siete años después, había muerto su abuela después de una larga enfermedad. Esta había dejado su casa en herencia a una organización benéfica y, así, había dejado a Billie en la calle. Esta había viajado a Londres con otra chica, se habían instalado en un hostal y habían encontrado trabajo limpiando en un edificio de apartamentos de lujo. Ella había limpiado el de Gio durante varios meses antes de conocerlo.

Antes de entrar en el apartamento, siempre había llamado al timbre para asegurarse de que no había nadie en casa y aquel día no había respondido nadie. Así que había estado quitándole el polvo a las estanterías cuando un ruido la había asustado. Se había dado la vuelta y entonces se había dado cuenta de que había un hombre tumbado en uno de los sofás. Por un instante, había pensado que dormía, pero lo había visto abrir los ojos e intentar sentarse con movimientos torpes, descoordinados, pero en vez de sentarse había rodado por el suelo.

–¿Está bien? –le había preguntado ella, pensando que estaba bebido.

Aunque, como había crecido con un abuelo y unos amigos a los que les gustaba pasarse con el alcohol, pronto se había dado cuenta de que no era eso lo que le ocurría, y se había acercado para comprobar que solo estaba enfermo.

–Fiebre... –había balbucido él, mirándola fijamente.

Billie había apoyado la mano en su frente y se había dado cuenta de que estaba muy caliente.

–Yo diría que necesita una ambulancia –le había susurrado.

–No... llama... un médico –había dicho él, intentando sacarse el teléfono del bolsillo.

Ella lo había ayudado, pero no había sido capaz de encontrar el número de teléfono acertado porque todo estaba escrito en un idioma extraño, así que había tenido que buscarlo él. Por suerte, sí había podido comunicarse con el médico, que se había mostrado preocupado por aquel hombre, al que había llamado Gio, y que le había prometido que estaría allí en veinte minutos.

Billie había seguido limpiando, un tanto incómoda, mientras esperaba la llegada del médico. Había tenido que dejar al hombre en el suelo porque no había tenido fuerza suficiente para ayudarlo a tumbarse en el sofá. El médico, un hombre joven, se había sorprendido al ver a Gio en el suelo y lo había levantado inmediatamente para llevarlo a la primera habitación que había en el pasillo.

Diez minutos después, había ido a buscarla a la cocina.

–Es adicto al trabajo y está agotado, y supongo que ese es el motivo por el que tiene fiebre. Haré una receta y conseguiré una enfermera, pero... mientras tanto, ¿podría quedarse usted con él?

–Yo solo he venido a limpiar y ya tenía que haberme marchado –le había explicado ella–. Tendría que estar ya en el apartamento de al lado...

–Gio es el dueño del edificio. Así que supongo que es quien le paga a final de mes. Yo no me preocuparía por el apartamento de al lado –le había dicho el médico–. Me ha pedido que entre a verlo...

–¿Por qué?

El médico se encogió de hombros mientras salía por la puerta.

–Tal vez para darle las gracias por ser tan buena samaritana. Podía haberse marchado y haberlo dejado ahí tirado.

Ella había llamado a la puerta y, al no obtener respuesta, había asomado la cabeza y había visto a Gio tumbado en la cama, solo con unos pantalones de pijama negros. Aun enfermo, le había parecido el hombre más bello que había conocido.

Billie había limpiado los baños, había esperado una hora y después había vuelto a la habitación, donde se lo había encontrado despierto.

–¿Necesita algo?

–Me vendría bien un poco de agua... ¿Cómo te llamas?

–Billie.

–¿Que es el diminutivo de?

–Billie. ¿Quiere que le coloque las almohadas?

Le había colocado bien las almohadas, había estirado las sábanas y le había llevado un vaso de agua. Y a Gio le había sorprendido enterarse de que Billie limpiaba su casa y que nunca se habían visto.

–No suele haber mucho que hacer –había admitido ella–. Al parecer, no utiliza la cocina.

–Viajo mucho, y como fuera o pido comida preparada cuando estoy aquí.

En ese momento había sonado el timbre.

–Debe de ser la enfermera de la que ha hablado el médico.

–No necesito una enfermera.

–Estaba demasiado débil para quedarse solo –le había explicado Billie.

–Tenía la esperanza de que te quedaras tú...

–Yo tengo que limpiar otros apartamentos, así que hoy me va a tocar quedarme hasta muy tarde –le había contestado ella antes de ir a abrir la puerta a una bella enfermera de uniforme.

A la mañana siguiente, al llegar al trabajo, su jefe había salido del despacho para decirle:

–Hasta nuevo aviso, te hemos asignado el apartamento del señor Letsos a jornada completa.

–Pero... ¿por qué? –había preguntado ella, sorprendida.

–La orden viene de arriba. Tal vez el tipo haya dado una fiesta anoche y necesite que le limpien toda la casa –había murmurado el jefe con desinterés–. No es nuestro problema.

Ella había llamado al timbre al llegar, pero nadie había respondido, así que había entrado en silencio y había ido directa al dormitorio, donde había llamado a la puerta.

–¿Dónde está la enfermera? –le había preguntado nada más abrir la puerta.

Gio, que estaba todavía más desaliñado que el día anterior, y todavía tirado en la cama, había respondido en tono irónico:

–Ha querido meterse en la cama conmigo y la he tenido que echar.

Desconcertada por aquella admisión, Billie lo había mirado fijamente y había sido consciente de lo mucho que la atraía. Era muy guapo. Y le hacía sentir mariposas en el estómago con solo mirarlo.

–Por eso espero que no te importe que haya pedido que te ocupes tú de mí, dado que no has demostrado ningún deseo de meterte en la cama conmigo...

Billie se había puesto colorada como un tomate.

–Por supuesto que no... ¿Y qué ha pedido?

–¿Perdón?

–¿En qué va a consistir mi trabajo? –había preguntado ella–. Yo no soy enfermera...

–No he comido nada desde ayer a la hora del desayuno –le había informado Gio–. Me vendría bien algo de comida.

Ella había sentido pena e incluso se había sentido culpable por no haberle ofrecido nada de comer el día anterior. Al fin y al cabo, cuidar de una enferma era lo que había hecho desde los once años y hasta que su abuela había fallecido. Por eso durante los tres siguientes días, Billie había hecho lo que le había salido de manera natural. Había cuidado de Gio, le había hecho la compra, había cocinado, había cambiado las sábanas, le había dado la medicación y lo había regañado cada vez que había querido salir de la cama, ya que seguía estando demasiado cansado. De hecho, pronto había establecido con él una camaradería de igual a igual, y se había echado a reír al oírle anunciar que la invitaría a cenar para demostrarle su agradecimiento cuando estuviese mejor.

–¿Qué edad tienes? –le había preguntado él de repente–. Nunca salgo con adolescentes.

Y ella le había mentido sin dudarlo porque quería cumplir con los requisitos necesarios para salir con un hombre como aquel.

Dejó de pensar en el pasado y tragó saliva, afectada por los recuerdos y por su propia inocencia, porque, por aquel entonces, había visto a Gio como a un príncipe azul. Le había parecido el hombre perfecto, considerado y atento. Y en esos momentos, por mucho que le doliese, tenía que admitir que se había equivocado. Gio era capaz de hacer los comentarios más atroces en tono educado, sin tan siquiera levantar la voz. Podía abrir con elegancia la puerta y decir algo que le pusiese la carne de gallina o le rompiese el corazón. Sus exquisitos modales y su capacidad para controlarse solo habían aumentado el dolor al final del juego, porque Gio era lo suficientemente inteligente para expresar expectativas intolerables de manera aceptable y aparentemente civilizada.

Aquel mismo día, el jefe de seguridad de Gio, Damon Kitzakis, fue a verlo después de la cena. Se mostró tenso, algo poco habitual en él.

–¿Te preocupa algo? –le preguntó Gio con el ceño fruncido.

–Tal y como pediste, Stavros ha estado vigilando a la señorita Smith y ha charlado con una de sus vecinas –le contó Damon–. Por casualidad, se ha enterado de algo que, seguramente, tú ya sabes, pero...

–¿De qué se ha enterado? –le preguntó él.

–De que la señorita Smith tiene un hijo.

Gio lo miró sorprendido.

–La mujer con la que vive tiene hijos.

–Al parecer... cuando la señorita Smith llegó a vivir aquí estaba embarazada. El niño más pequeño... es suyo.

De repente, Gio se sintió como aturdido y no pudo pensar con claridad. Parpadeó rápidamente para intentar concentrarse. Billie tenía un hijo, un hijo de otro hombre. Había estado con otro hombre. Gio pensó que no tenía que haber ido a verla antes de haber recibido el informe de Henley. Aquel era el resultado de su ridícula impaciencia. Enfadado, se dijo que lo mínimo que podía haber hecho ella era contárselo.

Apretó los labios y después llamó por teléfono a Joe Henley, que le confirmó sin dudarlo que Billie tenía un hijo, pero que todavía no había conseguido una copia de la partida de nacimiento y que, por ese motivo, no podía darle más detalles.

¿Por qué no le había contado Billie que era madre? Al fin y al cabo, había tenido la excusa perfecta para no reanudar su relación, ¿por qué no la había utilizado? ¿No se le había ocurrido pensar que él no querría volver con ella si tenía un hijo? Gio se puso en pie. Estaba furioso porque Billie había conseguido algo casi imposible: ponerlo en ridículo. Jamás habría vuelto a acostarse con ella si hubiese sabido que tenía un hijo. ¿No estaría planeando volver a atraparlo utilizando el sexo para después confesar que era madre?

Billie se metió en la bañera y pasó las manos por las burbujas que había sobre la superficie del agua. Era su noche, en la que se dedicaba a hacer lo que más le gustaba. Los niños estaban en la cama, la cocina estaba limpia. Iba a acurrucarse en el sofá a ver una película romántica y a comer chocolate. Aunque ya no creyese en el amor, tenía que reconocer que era un género que todavía le gustaba.

Se estaba secando cuando oyó el timbre. Hizo una mueca y se puso la bata para bajar las escaleras, descalza, con prisa para que no volviesen a llamar y despertasen a los niños. Jade tenía el sueño ligero y si se despertaba tendría que dejarla ver los dibujos animados un rato antes de que se volviese a dormir.

Abrió la puerta y se puso tensa. Era Gio, vestido con unos vaqueros y una chaqueta de cuero. Billie no estaba acostumbrada a verlo sin traje, pero en vez de fijarse en su ropa, pronto le llamó la atención la expresión de su rostro. Tenía los ojos muy brillantes y las mejillas encendidas.

–¿Por qué no me has contado que tienes un hijo? –inquirió con brusquedad.

Billie palideció y abrió la puerta para dejarlo pasar, consciente de que aquella era una conversación que no podían tener allí.

–Será mejor que entres.

–Por supuesto que voy a entrar –replicó Gio, avanzando por la casa con paso decidido y abriendo la puerta del salón como si estuviese acostumbrado a estar allí.

«Lo sabe», pensó Billie consternada. «Lo sabe y está furioso».

Gio, que estaba justo delante de la ventana, se giró y la fulminó con la mirada, como si se sintiese muy ofendido.

–¡Jamás te habría tocado si hubiese sabido que habías tenido un hijo con otro hombre!

«Un hijo con otro hombre». Billie se relajó un poco al oír aquello, ya que su secreto seguía a salvo. Como era evidente, a Gio no se le había ocurrido pensar que el niño podía ser suyo.

–Sí, tengo un hijo –le confirmó–, pero no me parece que sea asunto tuyo...

–*Theos*... Por supuesto que es asunto mío, ¡te he estado pidiendo que volvieses conmigo! –le espetó él.

Así que no la quería si tenía un hijo. Aquello tampoco la sorprendió. Tal vez hubiese querido un hijo legítimo de Calisto, pero solo porque tenía que preservar su linaje y porque quería tener un descendiente que heredase su imperio. Que ella supiese, no le gustaban ni le interesaban los niños. Tenía sobrinos y sobrinas, porque al menos dos de sus hermanas estaban casadas y tenían familia, pero nunca había hablado de ellos de manera positiva. Billie solo lo había oído quejarse de que hacían mucho ruido, que planteaban problemas y eran indisciplinados cuando los mayores se reunían.

—No tenía por qué informarte de que tenía un hijo, ya que no quería volver contigo —contestó ella con naturalidad, ya no se sentía amenazada.

—¿Y lo de esta tarde? —le preguntó él.

—Te he dicho que había sido un error —le recordó Billie—. Un error que, evidentemente, no se volverá a repetir.

Gio la estudió con la mirada, tenía el rostro rosado, estaba despeinada y, sin duda, no llevaba nada debajo de aquella bata. Al moverse, la tela se le pegó al cuerpo y se le marcaron los pezones, y en cuestión de unos segundos Gio volvió a enloquecer de deseo.

—¿Quién era él?

—Eso no importa.

Gio seguía furioso. Respiró despacio, profundamente.

—¿Cuántos años tiene el niño? —volvió a preguntar, sin saber por qué, porque no tenía ningún motivo para querer saberlo.

—Un año —respondió Billie, quitándole un par de

meses a Theo para que Gio no sospechase que podía ser suyo.

Él se quedó pensativo y apretó los labios.

–Supongo que estuviste con él de rebote cuando
me dejaste a mí.

–¡No eres el centro del universo! –replicó Billie,
poniéndose a la defensiva.

–Pero es evidente que no sigues con él...

–No todos los hombres están hechos para ser
padres –le dijo ella.

–Lo mínimo que puede hacer un hombre es
mantener a sus hijos –declaró Gio–. Es la obliga-
ción más básica.

–Bueno, pues no es el caso...

Billie estuvo a punto de recordarle a Gio que su
propio padre no lo había hecho, pero prefirió no
enfadarlo todavía más.

–En cualquier caso, tenías que haberme contado
que tenías un hijo nada más verme. Eso lo cambia
todo, no lo puedo aceptar.

Ella no pudo evitar sentirse culpable, un niño no
era un trofeo ni una forma de venganza. Un niño
era solo un ser humano pequeño, al que, tal vez en
unos años, no le gustaría la decisión que había tomado su madre.

El día siguiente empezó con una sorpresa para
Gio, cuando le llegó por fax la copia de una partida
de nacimiento.

Theon Giorgios, un varón de quince meses, hijo de Billie Smith. Theon era el nombre de su propio abuelo y la edad del niño señalaba la fecha en la que había sido concebido.

Gio esperó a que se imprimiesen las demás páginas del informe que le acababan de enviar. Le temblaban las manos de la rabia. Estaba tan enfadado, tan sorprendido, que quería romper algo. Había confiado en Billie y esta lo había traicionado. Intentó tranquilizarse para poder ser objetivo con los hechos. Ningún método contraceptivo era completamente infalible, eso lo sabía. No obstante, siempre había tenido cuidado para no verse atrapado en aquella red por algo tan básico como la biología.

Billie había estado tomando la píldora, pero los efectos secundarios habían hecho que la cambiase por un implante en el brazo. En resumen, que Gio le había confiado la responsabilidad de la contracepción, y que era posible que ella también hubiese sido víctima del margen de error. Dejó el informe, se metió en la ducha y, debajo del chorro de agua caliente, intentó hacerse a la idea de que tenía un hijo.

Un hijo ilegítimo. Eso no le gustaba. En absoluto. En ese aspecto era muy rígido, y era consciente de lo mucho que había sufrido su hermanastra por no haber tenido padre y por no haber sido aceptada en la familia. Los tiempos habían cambiado y el mundo en general era mucho más abierto, pero en la familia Letsos, todo lo relativo a las herencias, el estatus y el honor seguía siendo muy importante.

Lo que más lo sorprendía era que Billie le hubiese mentido. Terminó de leer el informe, en el que se enteró de que habían tenido que operar a su hijo, de cómo se organizaba Billie para cuidar de él y del mal carácter que tenía la mujer con la que convivía, y decidió llamar cuanto antes a su equipo jurídico en Londres. Una vez terminada la conversación, Gio supo cuáles eran sus opciones, muy pocas, y se sintió como un volcán a punto de estallar. Estaba en una situación que él jamás habría elegido y, lo peor de todo, en una situación que no podía controlar. Lucharía sucio si hacía falta. Billie lo había tomado por sorpresa, pero Gio sabía cuáles eran sus prioridades.

Esa misma mañana, Billie se sentía fatal porque no había pegado ojo en toda la noche, y estaba sentada en la cocina, tomándose un té, cuando bajó Dee bostezando.

—He hecho algo horrible —le confió a su prima, dándole todos los detalles—. Ya lo sé, no tenía que haberle dicho a Gio que Theo era hijo de otro hombre...

—¿Cómo se te ha ocurrido?

Billie gimió.

—Me sentí arrinconada y amenazada. Así que lo dije sin pensar, pero sé que Gio se va a poner furioso cuando se entere de la verdad. Le voy a mandar un mensaje para que venga a hablar conmigo.

–Será lo mejor. Quiero decir... que tenías que habérselo dicho desde el principio. ¿Y si no se lo cuentas y, con el paso del tiempo, Theo decide que quiere conocer a su padre? –le preguntó Dee nerviosa–. Sé que Gio te hizo mucho daño, pero eso no significa que no pueda ser un buen padre.

Dee no le estaba diciendo nada que no hubiese pensado ella ya durante la noche. La vuelta de Gio a su vida lo había cambiado todo. Ya no podía ocultarle la verdad y fingir que Theo era hijo de otro hombre. Avergonzada por su cobardía, tragó saliva y tomó su teléfono móvil. Esperaba que Gio no hubiese cambiado de número. *Tengo que hablar contigo hoy mismo. Es muy importante.*

Gio le respondió: *A las once en tu casa.*

Era evidente que Billie iba a contarle la verdad. Gio sonrió, pero no se sintió impresionado. La verdad llegaba con más de quince meses de retraso.

Capítulo 5

BILLIE esperó nerviosa junto a la ventana y cuando vio salir a Gio de la limusina se puso todavía más tensa al ver que iba de traje. Aquel era Gio en modo magnate, con la mirada velada, el rostro tenso y serio.

–Tengo que contarte algo –anunció ella casi sin aliento, ya en la entrada.

Gio se sacó una hoja de papel que llevaba doblada en el bolsillo de la chaqueta y le dijo:

–Ya lo sé...

A Billie se le aceleró el corazón, se sintió desconcertada al ver la copia de la partida de nacimiento.

–No sé qué decir...

–No hay nada que puedas decir –replicó él–. Anoche me mentiste. Me has ocultado la verdad deliberadamente durante más de un año. Es evidente que no tenías la menor intención de contarme que había sido padre.

–No pensé que volvería a verte –murmuró ella.

–Quiero verlo.

–Está durmiendo la siesta...

–Aun así, voy a verlo...

Billie respiró hondo y empezó a subir las escaleras mientras se secaba las manos mojadas de sudor en los pantalones vaqueros. Se dijo que si se mostraba razonable y conciliadora, podrían salir de aquel embrollo de manera civilizada. Era natural que Gio sintiese curiosidad y, dado que estaba divorciado, era posible que no se sintiese tan avergonzado como si todavía hubiese estado casado.

–No hagas ruido –susurró ella–. Dee estaba muy cansada y ha vuelto a acostarse. No quiero despertarla.

Billie abrió la puerta de la habitación que compartían los tres niños. La cuna de Theo estaba en la esquina. Gio se acercó a ella con paso decidido y observó con incredulidad cómo dormía plácidamente un niño. Su hijo. No tardó en descubrir el parecido con su familia. Theo tenía el pelo moreno y rizado, la nariz pequeña y los mismos ojos que él. Gio respiró hondo e intentó contener la emoción que crecía en su pecho, una emoción que no había sentido nunca antes. Aquel era su hijo. Lo habían tenido que operar y él no había estado a su lado. Podía haberse muerto sin que él hubiese sabido de su existencia. La idea lo enfureció y, por miedo a no ser capaz de controlarse, se dio la media vuelta y fue hacia la puerta.

Billie lo observó con inquietud. Estaba colorado, tenía los ojos de un negro muy brillante, inescrutables, y los labios apretados.

–*Theos*... jamás te lo perdonaré –le dijo desde lo alto de las escaleras en tono helado.

A Billie se le encogió el corazón, se sintió consternada y notó que le pesaban las piernas, que estaba torpe, mientras bajaba las escaleras.

Al llegar al salón, se giró y lo miró.

–¿Qué es lo que no me vas a perdonar? –le preguntó–. ¿Que me quedase embarazada?

Gio la miró pensativo desde el otro lado de la habitación.

–No soy tan tonto. Hacen falta dos personas para hacer un bebé. Y sé que no lo planeaste porque, en ese caso, me habrías pedido ayuda para criarlo. Dado que no intentaste ponerte en contacto conmigo para decirme que habías tenido un hijo mío, puedo absolverte, al menos, de haber actuado por codicia.

–¿Y se supone que debo darte las gracias por ese voto de confianza? –inquirió Billie con las cejas arqueadas.

–No –respondió Gio, cerrando la puerta detrás de él–. Se supone que debes explicarme por qué decidiste no contármelo.

–Me sorprende que me preguntes eso.

–¿De verdad?

–Sí... Ibas a casarte –le recordó Billie.

–No es una excusa –le contestó él–. Estuviese soltero, casado o divorciado, ese niño siempre será mío, y por eso tenías que habérmelo contado en cuanto te enteraste de que estabas embarazada.

–Pensé que no querrías saberlo –admitió Billie, incómoda, preguntándose qué había esperado Gio que le dijese–. En una ocasión me habías advertido que si me quedaba embarazada sería un desastre, y que se terminaría nuestra relación.

–Eso tampoco es una excusa, sobre todo, teniendo en cuenta que, según tú, nuestra relación ya se había terminado –le recordó Gio.

–Pero sabes que te habrías puesto furioso conmigo, y que probablemente me habrías echado la culpa. ¡Sabía que no querías que yo fuese la madre de tu hijo! –exclamó con frustración.

–En ocasiones, lo que uno quiere en la vida y lo que consigue son dos cosas muy diferentes –comentó Gio en tono cínico–. Soy lo suficientemente adulto como para aceptar esa realidad.

–¡Vaya, muchas gracias! –espetó Billie con el rostro encendido–. Lo cierto es que pensé que si te decía que estaba embarazada, me pedirías que no tuviese el niño...

–¿Y en qué basas semejante suposición?

Consciente de que el ambiente cada vez era más hostil, Billie se esforzó en encontrar las palabras adecuadas.

–Bueno, es evidente...

Él arqueó una ceja.

–¿Alguna vez comenté que querría que abortases si se daba el caso?

–Bueno, no –admitió Billie, sintiéndose incómoda–, pero me advertiste de cuál sería tu actitud si me quedaba embarazada, así que lo di por sentado.

–Pues mal hecho.

–¿Quieres decir que no me habrías sugerido que abortase?

–Eso es lo que quiero decir, sí. Y teniendo en cuenta que solo tocamos el tema de un posible embarazo por encima, me temo que sacaste demasiadas conclusiones acerca de cómo reaccionaría si tenía un hijo –la criticó Gio.

–Por aquel entonces, ibas a casarte para tener un hijo con otra mujer. ¡Mi embarazo era una mala noticia en todos los aspectos! –exclamó Billie emocionada–. Y tal vez no quisiese ser yo la que te diese esa noticia tan mala, tal vez no quisiese decirte algo que no querrías oír, tal vez, solo tal vez, tenía mi propio orgullo...

–Jamás me habría casado con Calisto si hubiese sabido que tú estabas embarazada –le aseguró Gio muy serio–. Siempre habría antepuesto las necesidades de mi primer hijo a todo lo demás.

Billie se quedó de piedra al oír aquello, frunció el ceño.

–No lo entiendo.

Gio también estaba empezando a ser consciente de la realidad y estaba a punto de perder los nervios por completo.

–No, no entiendes lo que has hecho, ¿verdad?

–¿Qué he hecho? –preguntó ella, poniéndose a la defensiva–. Traje a Theo al mundo y, desde en-

tonces, he cuidado de él lo mejor que he sabido.
Tiene todo lo que necesita...

A Gio le brillaron los ojos y tuvo que hacer un
esfuerzo enorme por contener la ira.

–No, no lo tiene todo. No tiene padre...

Billie frunció el ceño.

–Quiero que formes parte de la vida de Theo, me
parece bien... si es lo que te preocupa...

–¿Te parece aceptable, ofrecerme que forme
parte de su vida? –inquirió Gio en tono gélido–. ¿Te
parece aceptable que mi hijo haya tenido que pasar
por una operación sin que yo lo supiese? ¿Criarlo en
este vertedero? ¿Tenerlo en la tienda mientras tra-
bajas? ¿No enseñarle mi idioma, ni hablarle de mi
herencia, de mi familia, cuando tú ni siquiera puedes
ofrecerle una familia? ¡Que sepas que nada de lo
que has hecho me parece bien!

Billie retrocedió un paso.

–Mi casa no es un vertedero...

–Para mí, lo es –la contradijo Gio sin ningún re-
mordimiento.

–¿Cómo sabes que tuvieron que operar a Theo?
–le preguntó Billie, asustada con la actitud de Gio,
que era todo lo contrario a lo que había esperado–.
Ah, supongo que nos has investigado, ¿no?

–¿Por qué no operaron a mi hijo hasta más de
seis meses después de su nacimiento? –preguntó
Gio–. La displasia de cadera se suele diagnosticar
pronto.

–No fue el caso, y cuando lo diagnosticaron,

prefirieron intentar corregírsela con otros tratamientos antes. Parece que lo sabes todo al respecto...

–Por supuesto que sí, la displasia es genética. Mi hermanastra y una de mis hermanas nacieron con ella, y también un sobrino y una sobrina. Aunque es menos habitual en niños. Que Theo la tuviera es casi como una prueba de ADN –le explicó Gio en tono irónico–. Es un Letsos en todos los aspectos, menos en el apellido.

Ella levantó la barbilla.

–Es cierto, se apellida Smith.

Gio contuvo su ira y la miró, Billie tenía la mirada velada por las gruesas pestañas. Incluso vestida con unos vaqueros viejos y una camiseta de algodón azul estaba sexy. Se excitó y supo que, por muy enfadado que estuviese con ella, todavía la deseaba. Una vez no había sido suficiente, no lo había saciado.

–Quiero a mi hijo –le dijo sin más.

Billie palideció.

–¿Qué significa eso?

–Significa exactamente lo que he dicho, que quiero a mi hijo. Quiero estar con él como mi padre no estuvo conmigo –se explicó Gio brevemente, apretando los labios después de haber hecho aquella admisión.

–¿Y cómo pretendes hacerlo?

–Voy a luchar por su custodia –anunció Gio, poniéndose muy recto–. Mi hijo no se merece menos de mí.

Billie frunció el ceño, consternada, no podía creer lo que acababa de oír, y lo miró a los ojos. Se estremeció.

–No puedes estar hablando en serio. No es posible que quieras intentar quitarme a Theo.

–No voy a permitir que se quede aquí.

Aquello la enfadó y la asustó todavía más.

–¿Cómo que no lo vas a permitir? Yo soy su madre y lo que tú digas no importa.

–Te equivocas –le aseguró él–. Tengo derecho a oponerme a la manera en la que estás ocupándote de mi hijo y le explicaré a las autoridades por qué pienso que las condiciones en las que mi hijo vive actualmente son inaceptables.

Gio la estaba amenazando. Gio le estaba diciendo que iba a denunciarla a los servicios sociales. Billie estaba tan enfadada que se puso a temblar, levantó la barbilla, desafiante, lo miró a los ojos y le dijo:

–¿Por qué no me lo explicas antes a mí, porque, sinceramente, no te entiendo?

–Estás viviendo con una prostituta y dejando a mi hijo a su cuidado. No lo puedo tolerar –le explicó Gio.

Aquello la desestabilizó. Billie se dejó caer en el sofá. Jamás había pensado que, al investigarla a ella, se enteraría también del mayor secreto de Dee. Pálida, tensa, angustiada, volvió a mirar a Gio.

–Ahora trabaja de camarera. Ha dejado atrás su pasado...

–Uno no puede dejar atrás su pasado así como

así. Yo no quiero que mi hijo esté en contacto con esa clase de mujer –continuó Gio.

–La gente comete errores, cambia, reconduce su vida. ¡No seas tan cerrado de mente! –le dijo Billie, horrorizada al ver la conclusión que había sacado Gio acerca de la complicada vida de su prima.

De adolescente, Dee había tenido una relación con un hombre mayor, había dejado los estudios y había terminado drogándose, en la calle. Dee había sido sincera con ella acerca de su pasado y Billie la respetaba por el esfuerzo que había tenido que hacer para empezar de cero, por ella misma y por sus mellizos.

–Me alegro por ella de que haya cambiado su vida, pero sigo sin querer que esté cerca de mi hijo –insistió Gio–. ¿Cómo sabes que no hace nada en el bar, cuando trabaja por la noche?

–¡Porque la conozco y sé lo mucho que valora lo que tiene ahora! –replicó Billie furiosa.

–Quiero que mi hijo salga de esta casa ahora mismo –admitió Gio–. Quiero que los dos os vengáis conmigo al hotel hasta que solucionemos esta situación.

Desconcertada, Billie lo miró fijamente y respondió:

–No.

–En ese caso, atente a las consecuencias –la amenazó Gio.

–¿Qué quieres decir?

–Qué haré todo lo que esté en mi mano para

conseguir la custodia de mi hijo –se explicó él–. Iré a los servicios sociales y tendrán que investigarte.

–¡No puedo creer lo que estoy oyendo! –exclamó Billie.

No quería que investigasen a Dee, que volviesen a desenterrar su pasado, después de lo mucho que su prima se había esforzado en pasar página.

–¡Nos estás amenazando a mí y a mi prima!

–Lo hago por el bien de mi hijo –le dijo Gio–. Es mi principal preocupación. No me importa lo que me cueste ni a quién le haga daño, pero siempre lo daré todo por él, sea lo que sea.

–¿Cómo puedes sentir eso por un hijo al que ni siquiera conoces? –inquirió Billie con voz temblorosa.

–Porque lleva mi sangre. Es mío, es un Letsos y tengo que luchar por él porque es mi deber, sobre todo ahora que no tiene voz para expresarse.

Gio se miró el reloj y dijo:

–Tienes quince minutos para hacer las maletas.

–No pienso marcharme de aquí.

–Va a ser tu única oportunidad. Si me marcho de esta casa sin mi hijo, lucharé por su custodia y utilizaré todos los medios a mi alcance.

–¡No estás siendo razonable!

–¿Por qué iba a serlo? Me has robado los quince primeros meses de mi hijo, no debería sorprendente que quiera evitar que me robes más tiempo.

Billie se sintió mareada. Gio estaba enfadado,

estaba furioso, pero no se estaba dando cuenta de lo que estaba diciendo.

–¿Estás loco? Theo nos necesita a los dos –le dijo.

Él apretó la mandíbula.

–Por supuesto que sí... en un mundo perfecto, pero me temo que este no lo es.

–¿Y cómo vas a hacer para ocuparte tú de un niño? –le preguntó Billie–. No vas a tener tiempo. En realidad, no lo quieres. Te estás comportando como si Theo fuese un trofeo.

–Haz las maletas –repitió él–. Mete solo lo necesario para las próximas veinticuatro horas. Como es natural, yo cubriré todas vuestras necesidades.

Inmóvil, Billie lo miró fijamente, incapaz de creer que pudiese amenazarla así.

–Gio...

–No quiero oírte –la interrumpió él–. Quiero a mi hijo. Tú has podido estar con él todo lo que has querido. Ahora me toca a mí.

De repente, Billie tomó una decisión. Iría al hotel con Gio y le permitiría que conociese a Theo. Estaba segura de que eso lo tranquilizaría, aunque no supiese cuál iba a ser el resultado. No estaba acostumbrada a ver a Gio enfadado, pero pensó que si se enfrentaba más a él solo conseguiría empeorar la situación. Le daría unas horas para que se calmase y viese las cosas desde otro punto de vista.

Sacó una maleta del armario que había en el salón y la llevó a su habitación. Metió lo básico tanto para ella como para su hijo y después bajó para guardar en una bolsa todo lo relacionado con la alimentación del niño. En la cocina, le escribió una nota a Dee, diciéndole adónde iba y que la llamaría por teléfono.

–Dee no podrá ir a trabajar esta noche si yo no estoy aquí para quedarme con sus hijos –protestó ante Gio mientras se ponía una chaqueta ligera, de algodón.

De repente, se dio cuenta de que estaba hecha un desastre. Su maraña de rizos jamás sería como la melena rubia y lisa de Calisto. Sus caderas jamás serían tan estrechas, ni sus pechos tan perfectos. Llevaba solo un poco de maquillaje y su aspecto era muy corriente. De hecho, no se había cambiado de ropa antes de que llegase Gio para que este no pensase que había querido ponerse guapa para él. No obstante, en esos momentos no se sentía bien con su aspecto.

–Yo contrataré a una niñera para tu prima.

–No la puedo dejar tirada, Gio. Le ha costado mucho encontrar un trabajo.

–He dicho que yo me ocuparé de todo, y lo haré –repitió Gio, tomando la maleta y abriendo la puerta de la casa, decidido a que nada se interpusiese en su camino–. Confía en mí.

Su conductor los estaba esperando para recoger la maleta. Después de dudarlo un instante, Billie le dio también la bolsa con la comida del niño y después subió por él. «Confía en mí», le había dicho Gio. Y lo más extraño era que confiaba en él porque le había dicho la verdad incluso cuando ella no había querido oírla y jamás le había mentido.

Tomó al niño dormido en brazos, aspiró su olor a bebé y le puso una chaqueta. Pensó que, en realidad, Gio no quería quitárselo, solo la había amenazado para que lo escuchase e hiciese lo que él quería. En realidad, era probable que solo quisiera pasar un par de días con el niño, para conocerlo, y no podría hacerlo si ella no se iba a su hotel.

En la parte trasera de la limusina había una sillita para bebés. Billie sentó a Theo en ella y abrochó el arnés mientras el niño miraba a Gio con curiosidad. Este tenía el teléfono en la mano y el niño alargó la suya para tocarlo, a Billie le sorprendió que Gio se lo dejase.

–¡No le des el teléfono! –exclamó, mientras Theo se metía automáticamente el aparato en la boca–. Intenta comérselo todo.

Billie le quitó el teléfono y se lo devolvió a Gio, y el niño se puso a llorar. Ella sacó un juguete de la bolsa y se lo dio a su hijo, pero el pequeño lo miró y lo tiró al suelo del coche.

–Quiere que le vuelva a dar el teléfono –comentó Gio.

–Por supuesto que sí... tiene muchos botones. Es un juguete nuevo y muy brillante.

Llegaron al hotel y Billie salió del coche y fue a desabrochar a Theo, pero Gio se le adelantó y tomó al niño en brazos. Ella los siguió. A Theo le encantaban los lugares nuevos y miraba hacia un lado y otro con interés. Subieron al ascensor y el niño sonrió a Billie desde los brazos de su padre.

Para sorpresa de Billie, entraron en una habitación distinta a la que había estado.

–¿Has cambiado a otra planta?

–Por supuesto, necesitamos más espacio –le explicó Gio.

El niño empezó a hacer aspavientos y Gio lo dejó con cuidado en el suelo de madera. Theo empezó a gatear a toda velocidad, se agarró a la pata de un elegante sofá y se puso de pie mientras sonreía con satisfacción.

–Es un niño muy listo –comentó Billie en tono cariñoso.

Las regordetas piernas del niño temblaron y este cayó sentado al suelo y se echó a llorar. Gio volvió a tomarlo en brazos y lo levantó por los aires. Theo se olvidó de su disgusto y se echó a reír. Gio hizo el sonido de un avión y movió al niño en círculos por la habitación mientras Billie los observaba boquiabierta, incapaz de creer lo que estaba viendo. Gio, dejando al lado su dignidad y su frialdad, Gio sonriendo encantado.

–Es hora de comer –comentó Billie.

El juego entre padre e hijo terminó. Llevaron una trona y la maleta y Billie empezó a darle la comida a Theo, que intentó alimentarse solo y no dejó de protestar hasta que consiguió que le diese

la cuchara. Luego la metió en el yogur y sonrió
victorioso. Billie seguía aturdida, después de haber
visto a Gio actuar como nunca antes. Hacía solo
una hora que había estado amenazándola con denunciarla a los servicios sociales.

Había sido una dura amenaza que había asustado mucho a Billie. Un par de años antes, cuando
su prima Dee todavía no había empezado a ende-
rezar su vida, los servicios sociales se habían llevado a sus hijos. A pesar de que había vuelto a re-
cuperarlos, cualquier acusación de negligencia
podía ser la causa de una investigación en toda regla. Y Billie no quería que eso ocurriera. Dee per-
dería la seguridad en sí misma y pensaría que no
era una buena madre, y Billie quería protegerla de
todo aquello.

No obstante, el mismo hombre que la había
amenazado era una persona completamente diferente con su hijo. Con Theo, Gio estaba desinhi-
bido, juguetón, casi feliz, cosa poco habitual en él
que solía mostrarse frío, tranquilo y reservado. Tenía que reconocer que Gio parecía mucho más interesado por su hijo de lo que ella había imaginado
y se preguntó, incómoda, cuál era su papel en aquel
triángulo. Gio había dicho que quería a su hijo. ¿Qué
había querido decir exactamente con eso? Billie no
podía apartar la mirada de su atractivo rostro mientras Gio observaba cómo jugaba Theo a las cons-
trucciones y reía divertido. Gio se sentó a su lado
en el suelo y Billie recorrió su cuerpo con la mi-

rada y apartó los ojos al llegar debajo de la cintura. Avergonzada, se dio cuenta de lo que le pasaba. Seguía deseando a Gio lo mismo que siempre.

En ocasiones, desearlo le había parecido como una condena perpetua. Su embarazo solo había acelerado la salida de su vida porque no había querido que Gio se enterase de su secreto. Había pensado que, si se lo contaba, Gio la habría acusado de haberlo hecho a propósito y habría conseguido que se sintiese culpable y humillada. No obstante, Gio no había reaccionado así y había insistido en que jamás le habría pedido que abortase.

¿Podía creerlo? Al fin y al cabo, lo había dicho en retrospectiva, consciente de que su matrimonio estaba destinado a fracasar, pero dos años antes aquel matrimonio le había parecido importante y el embarazo de Billie habría sido, como poco, una enorme vergüenza. ¿Qué había querido decir Gio al afirmar que, de haber sabido que ella estaba embarazada, jamás se habría casado?

Nunca se le había ocurrido que, algún día, vería a Gio en vaqueros, arrodillado, haciendo una torre para Theo y riendo cuando este la tiraba de un manotazo.

—Has dicho que querías a Theo —murmuró ella, haciendo acopio de valor—. ¿Qué significa eso exactamente?

—Que, ahora que lo he encontrado, no voy a marcharme —le contestó Gio, mirándola por encima de la cabeza del niño.

–Es decir, que quieres conocerlo y mantener el contacto.

Él arqueó una ceja.

–Quiero mucho más que eso.

–¿Cuánto más? –insistió ella, haciendo un esfuerzo por respirar mientras lo miraba a los ojos.

Él sonrió con ironía.

–No me gustan las medias tintas... Lo quiero todo.

–¿Y qué incluye ese todo? –preguntó Billie con cautela.

Gio la miró fijamente, divertido. Había pensado que Billie lo entendería sin más explicaciones. Estaba dispuesto a darle lo que ella siempre había querido, algo que él jamás había pensado ofrecer. En esos momentos tenía motivos de peso para hacerlo y no quería pensar lo que iba a ganar como resultado. Clavó la vista en el valle de sus pechos y se excitó todavía más. Quería arrancarle la ropa, perderse entre sus muslos y no salir de allí hasta que no estuviese completamente saciado.

–¿Gio...?

–Con lo que quiero todo me refiero a que quiero que nos casemos –le explicó, apartando los rizos de la frente de su hijo–. Es lo único que podemos hacer.

Capítulo 6

A VER si lo he entendido bien... –balbució Billie, atónita–. ¿Has dicho que quieres que nos casemos?

–Así Theo se convertirá automáticamente en mi hijo legítimo de acuerdo con la legislación británica.

–Eso da igual, cualquiera que sepa su edad sabrá que nació cuando tú estabas casado con otra mujer –comentó ella.

–No importa. El resultado final será el que yo quiero, que Theo sea considerado mi hijo y que sea mi heredero legítimo –insistió Gio–. Es su derecho natural y así quiero que sea.

–¿Aunque tengas que casarte conmigo para conseguirlo? –preguntó Billie con incredulidad.

–Tú te casarás conmigo por el bien del niño y yo lo haré por el mismo motivo. Ambos somos responsables de su nacimiento y debemos anteponerlo a todo lo demás –dijo él–. Se lo debemos.

Ella siguió desconcertada, temblando. Mucho tiempo atrás había soñado con que su relación fuese como un cuento de hadas, pero la realidad había hecho que pusiese los pies en el suelo. Le costaba trabajo aceptar que Gio le estuviese hablando de matrimonio, porque era como volver a abrirle la puerta al tonto cuento de hadas. Billie se abrazó y le preguntó:

–¿Estás seguro de que no hay otra manera de asegurar que Theo sea tu heredero?

–Podría intentar redactar un documento en el que reconociese que es mi hijo, pero lo mejor es el matrimonio con su madre. En el caso contrario, siempre podría haber alguna laguna y los abogados saben bien cómo encontrarlas y hacer una reclamación.

–¿Quién va a querer hacer una reclamación? –preguntó ella.

–¿Tienes idea de lo rico que soy? –le dijo él en voz baja–. ¿O de lo que la gente poderosa está dispuesta a hacer para enriquecerse todavía más?

–Supongo que no –admitió ella, sabiendo que pertenecían a dos mundos completamente diferentes.

–Cuando yo tenía catorce años, mi madrastra intentó que me desheredasen y que su hijo, que tenía ocho, pasase a ser el beneficiario del fideicomiso familiar. La reclamación solo de desestimó cuando mi abuelo demostró que el hijo de mi madrastra no era su nieto –le explicó Gio.

Billie se sentía desconcertada, no sabía que Gio hubiese tenido aquellos problemas. Se preguntó cómo habría sido su niñez con semejante madrastra y empezó a entender que quisiese hacer lo mejor para Theo.

–Podemos casarnos en cuestión de días –le dijo él, como si se hubiese dado cuenta de que había ganado la batalla–. Después de la ceremonia, iremos a Grecia y allí os presentaré a mi familia como mi esposa y mi hijo.

Incapaz de creer que le estuviese ocurriendo aquello, Billie se levantó de donde estaba sentada y se acercó a la ventana.

–Eso sería una locura, intentar fingir que soy tu esposa... ¡No podemos hacerlo!

–Serás mi esposa, no tendrás que fingir. Solo tienes que preguntarte... ¿Cuánto quieres a tu hijo? –inquirió Gio casi con crueldad.

Billie se puso rígida.

–¡Eso no es justo!

–¿No? Tú sola decidiste ser la única responsable de Theo y de su felicidad. Y yo te estoy pidiendo que enmiendes tus errores y te asegures de que recibe todo lo que tiene derecho a recibir por ser mi hijo.

A Billie no le gustó oír que había cometido un grave error por haberle ocultado a Gio la existencia del niño, pero oír hablar de Grecia hizo que sus pensamientos siguiesen otro rumbo.

–¿Si el matrimonio es una mera formalidad, para qué quieres que te acompañe a Grecia?

–¿Permitirías que me llevase a Theo sin que vinieses tú? –le preguntó él sorprendido.

–¡No! –exclamó ella al instante.

–Y aunque a ti el matrimonio te pueda parecer

una mera formalidad –continuó Gio en tono razonable–, tendrá que parecer un matrimonio normal.

Billie volvió a abrazarse. Se sentía amenazada, arrinconada, desconcertada.

–¿Para qué? –preguntó.

–¿Quieres que tu hijo se sienta culpable cuando sea mayor y sepa que tuvimos que casarnos por su bien?

Ella frunció el ceño.

–Por supuesto que no...

–En ese caso, tenemos que hacer que parezca un matrimonio normal –insistió Gio, manipulando todo lo posible la conversación–. Cuantas más personas piensen que estamos casados de verdad, menos preguntas incómodas nos harán y menos comentarios se generarán.

–¡Nadie va a creerse que has decidido libremente casarte con tu amante! –replicó Billie enfadada.

No le gustó hablar así de sí misma, pero lo hizo para obligar a Gio a entrar en razón.

–Tú y yo somos los únicos que sabemos que eras mi amante. Por suerte, no hicimos pública nuestra relación. Y, aunque ahora tengamos un hijo, lo único que eso demuestra es que hemos estado juntos.

Billie lo miró a los ojos, tenía el corazón acelerado.

–Lo único que eso demuestra es que tuvimos, al menos, una aventura de una noche.

–*Diavelos*... Tú no eres una mujer de una noche

y cualquier hombre que te vea sabrá que una noche contigo no es suficiente, *pouli mou* –murmuró él, tomando sus manos para acercarla a su cuerpo–. Serás mi esposa y la madre de mi hijo. Y no tendrás de qué avergonzarte...

Billie no pudo evitar que le gustase la idea, al fin y al cabo, siempre le había avergonzado la relación que había mantenido con Gio. Este no había sido su príncipe azul ni ella había sido su amor verdadero. Solo había tenido poder sobre él en la cama, y reconocerlo había hecho que se sintiese mal. ¿Qué clase de mujer se conformaba con semejante relación? Le temblaron las manos entre las de él. Aunque fuesen a casarse solo por el bien de Theo, aunque no fuesen a hacerlo por amor, era lo mejor que podía tener.

–No puedo dejar a Dee sola, ni tampoco puedo dejar la tienda –comentó de repente–. Es imposible. La tienda es mi modo de vida y no puedo...

Gio la abrazó y ella apoyó una mano en su musculoso torso mientras que la otra subía, como si tuviese voluntad propia, hasta enredarse en su pelo.

–Yo me encargaré de todo.

–Necesito ser independiente –insistió Billie en un murmullo, con la voz temblorosa.

Gio pasó la lengua por sus labios.

–Escúchame –le pidió ella mientras le acariciaba el pelo.

Él la besó apasionadamente, consciente de que ambos estaban locos de deseo.

–Theo es mi hijo. Es mi deber cuidar de los dos.

En un desesperado esfuerzo por controlarse, Billie se apartó de él y de la tentación.

–Vende la tienda, o permíteme que contrate a alguien para que la lleve. Escoge la opción que te venga mejor –le dijo él con impaciencia.

Billie lo miró con incredulidad.

–Gio... he trabajado muy duro para montar mi negocio. No puedes esperar que lo deje así como así...

–¿Ni siquiera por Theo? –le preguntó él, mirando al niño, que se estaba aferrado a sus pantalones vaqueros y mirándolos a ambos–. Nuestro hijo nos necesita a los dos y quiero que tenga una familia normal. Como poco, tendrás que organizar tu vida en Londres, para que pueda estar con él.

Aquello volvió a desconcertar a Billie, que sabía que Gio pasaba la mayor parte de su tiempo en Grecia. Se dio cuenta de que, en realidad, no le estaba ofreciendo un matrimonio normal, ya que estaba dando por hecho que estarían la mayor parte separados, pero que compartirían la custodia de su hijo. Palideció y se sintió como si le acabase de dar una bofetada. ¿Cómo podía haber pensado que iban a poder tener una vida de pareja normal?

–Tengo que pensarlo –le dijo–. Todo lo que me estás proponiendo va a poner mi vida patas arriba.

–La mía también –admitió él–. Yo tampoco tenía nada de esto planeado.

Aquello fue para Billie como una segunda bofetada. No necesitaba que Gio le recordase que jamás se habría casado con ella si Theo no hubiese nacido. Aquella realidad estaba clavada en su alma, porque Gio ya la había rechazado una vez para casarse con Calisto. Se inclinó y tomó a Theo en brazos, y se reconfortó en su suavidad y en su calor.

–Tengo que cambiarlo –dijo, tomando la bolsa en la que estaban sus cosas y llevándoselo a la habitación más cercana.

Gio se preguntó, frustrado, por qué eran tan complicadas las mujeres. Le había ofrecido a Billie lo que esta siempre había querido, pero ella se comportaba como si le hubiese propuesto un trato sucio. ¿Qué era lo que tenía que pensarse? ¿Cuántas mujeres se habrían ido a cambiar un pañal antes de decidir si querían o no casarse con un multimillonario? ¿Era posible que Billie sospechase que había algo más que no le había contado?

Tuvo que admitir que, en realidad, no le había dicho toda la verdad y que no podía decírsela. Él estaba luchando por lo que creía, luchando por lo que Theo necesitaba. En toda batalla había ganadores y perdedores y él no tenía pensado perder. Pero Billie no conocía la rudeza de su mundo, ni que Theo se iba a convertir en el objetivo de personas despiadadas y codiciosas y que ella no sabría cómo protegerlo de aquello. No obstante, él sabría protegerlo y lo haría.

Billie se quedó un poco más en el baño mientras Theo gateaba por el suelo y se ponía en pie agarrándose a la bañera. Estaba hecha un lío y tenía miedo, no lo podía evitar. Gio quería que se casasen por el bien de Theo y ella quería darle a su hijo todo lo mejor, pero sabía que tendría que pagar un precio muy alto por ello. Socialmente, sabía que avergonzaría a Gio y a su familia, aunque estaba convencida de que Gio se desharía de ella en cuanto todos los papeles estuviesen en regla. Así que no sería un matrimonio de verdad y Gio saldría completamente de su vida cuando Theo fuese lo suficientemente mayor para poder ir a visitar a su padre solo. Todo transcurriría tal y como Gio quería porque era un hombre que jamás dejaba nada al azar. Y a ella le aterró pensar que tenía tan poco poder sobre las cosas, que iba a tener que sacrificar su casa y su negocio. Se preguntó si tenía elección. ¿Podía confiar a Gio el futuro bienestar de su hijo?

Con Theo apoyado en la cadera, Billie volvió al salón. Gio se había quitado la chaqueta, se había aflojado la corbata y se había remangado la camisa, que se pegaba a los músculos de su pecho. Ella clavó la mirada en él y no pudo frenar los recuerdos. Se le encogió el estómago y se reprendió en silencio. Gio terminó de hablar por teléfono y dejó el aparato.

–Está bien, me casaré contigo –le dijo ella con las mejillas coloradas–, pero eso significa que confío en que nunca harás nada que nos perjudique ni a Theo ni a mí. Si me entero de que no puedo confiar en ti... te dejaré.

Gio sonrió. Billie jamás volvería a dejarlo, a no

ser que estuviese dispuesta a dejar también a su hijo. Todavía no lo sabía, pero no podría volver a huir.

–Y me tendrás que ser completamente fiel –decretó Billie.

–Siempre te fui fiel –respondió él airadamente.

–Pero dicen que cuando un hombre se casa con su amante, se queda un puesto libre –comentó ella.

–A mí me parece que mi vida ya es lo suficientemente complicada –le respondió él.

Además, su matrimonio no duraría eternamente. Billie sabía que Gio le pondría fin en cuanto se aburriese de ella, pero intentó que la idea no le hiciese todavía más daño.

–Ahora que ya tienes lo que quieres, ¿puedo volver a casa? –le preguntó.

–Quiero que te quedes aquí. Supongo que querrás organizar la boda –le dijo, arqueando una ceja–. Será algo íntimo y la ceremonia tendrá lugar en la iglesia ortodoxa griega a la que voy en Londres. Ya he pedido los permisos necesarios.

–Así que dabas por hecho que lo ibas a conseguir –comentó ella enfadada.

–¿Por qué ibas a negarte a casarte conmigo, si era lo que querías hace dos años?

Billie se ruborizó, sintió vergüenza.

–Pero ya no creo en los cuentos de hadas.

–No obstante, yo quiero un cuento de hadas, *pouli mou* –le aseguró él, desconcertándola todavía más–. Quiero que te compres un vestido bonito y todo lo demás.

–¿Para qué? ¿Para las fotos?

Billie se obligó a apartar la mirada de él porque le dolía saber que jamás tendría el cuento de hadas. Al fin y al cabo, no tenía lo esencial, que era el amor de Gio. También le dolía que él hubiese estado tan seguro de que aceptaría a casarse con él después de haber estado casado con otra mujer. Para él, su amor no había significado nada, aunque ella lo había amado sin pedirle nada a cambio. ¿Era justo juzgarlo tan duramente por no poder corresponderla?

–Para que tengamos un matrimonio normal –le recordó él–. Es lo que quiero y lo que será.

Su arrogancia puso a Billie de los nervios. Gio estaba divorciado, pero seguía sin tenerle miedo a un posible fracaso matrimonial. Aunque lo que quería era tenerlos a Theo y a ella y, además, conociéndolo, era probable que para él fuese más importante la libido que el amor. Se preguntó si habría querido a Calisto o si solo la había deseado. ¿Por qué habría puesto fin a su relación con la otra mujer? ¿Y qué le importaba a ella? Al fin y al cabo, solo iba a casarse con él de rebote.

El equipo de trabajo de Gio llegó para pasar la tarde trabajando con él y Billie se puso a ver los vestidos de novia que, a petición de Gio, le había enviado por Internet un conocido diseñador. Se tomó sola las medidas para mandárselas y después intentó escoger el vestido, el velo y los zapatos de sus sueños. Más tarde decidió hacer una visita a su tienda de lencería favorita. Iba hacia la puerta con Theo en brazos cuando Gio preguntó en tono frío:

−¿Adónde vas?

−Necesito comprar unas cosas −le respondió ella−. Y quiero ir con Dee.

−No −respondió él sin más mientras firmaba un documento.

−Sí −respondió ella con la misma firmeza mientras salía por la puerta.

−¡Billie! −le gritó él, saliendo al rellano.

Muy a su pesar, ella volvió.

−Te he dicho que no −insistió Gio.

−Y yo no quiero discutir delante de todo el mundo, pero tengo que ir a ver a Dee.

−Le he contratado una niñera para las dos próximas semanas.

−Es mi prima y mi amiga, y siempre ha estado ahí cuando la he necesitado −respondió ella en tono amable−. No me importa lo que digas o lo que pienses, pero no voy a darle la espalda.

−En ese caso, deja a Theo aquí −le dijo él, alargando los brazos hacia el niño.

−No vas a poder ocuparte él...

−No te preocupes, también he contratado a una niñera para nosotros. Ya está en el hotel, esperando a que la llame.

A Billie no le gustó verlo tan convencido de que sabía lo que era mejor para el niño.

−Pues has perdido tiempo y dinero, porque no pienso dejar a Theo con una extraña.

—Le diré que suba para que puedas conocerla.

Billie apretó los labios.

—Theo viene conmigo. Lo siento si no te gusta, pero va a ser así.

—No intentes enfadarme —le advirtió Gio—. Si me retas, responderé y es probable que salgas herida.

—Ya no me puedes hacer daño —declaró ella con seguridad, negándose a que la intimidase—. He accedido a cambiar toda mi vida, a casarme contigo y a conocer a tu familia. ¿Qué más quieres? ¿Por qué no aprendes a hacer concesiones?

—No —respondió él—. No cuando se trata de mi hijo y de tu relación con una mujer con la que no quiero que te relaciones.

—Esa mujer con la que no quieres que me relacione ha estado conmigo cuando estuve dos días seguidos de parto —replicó Billie en voz baja—. Estuvo conmigo y con Theo cuando tú no estabas y me alegré mucho de poder tenerla.

Gio palideció casi imperceptiblemente y respondió:

—Habría estado allí si me hubieses contado que estabas embarazada...

—No lo creo. Te acababas de casar con otra mujer —le recordó ella.

—Bueno, vete si tanto significa para ti.

—Por supuesto que sí. Siempre soy leal a mis amigos.

Gio la fulminó con la mirada brillante.

–Hubo una época en la que me eras leal a mí.

–¿Y qué conseguí con ello? –preguntó Billie en tono irónico justo antes de entrar al ascensor.

Gio deseó sacarlos de él, pero recordó el comentario acerca de que tenía que aprender a hacer concesiones. Tenía el noventa por ciento de lo que quería y lo conseguiría todo en cuanto estuviesen casados. A corto plazo, podía ser generoso. Aunque Billie había cambiado y debía tenerlo en cuenta. Estaba dispuesta a pelear con él. Era evidente que había madurado y que ya no era la niña que en el pasado lo había mirado con estrellas en los ojos. Y eso no le gustaba nada.

Todavía le gustaba menos sentirse nervioso y molesto, extrañamente abandonado, con su partida. Sobre todo, no le gustaba querer ni echar de menos a nadie, ya que eso implicaba debilidad y falta de control.

Se preguntó qué tenía Billie que le hacía sentirse así. Lo alteraba, hacía que reaccionase de manera exagerada, se dijo muy serio, esperando que fuese algo temporal, que se le pasase pronto. Era irónico que, al mismo tiempo, hubiese sido la única mujer que había conseguido hacer que se sintiese en paz, satisfecho, pero ese no era el efecto que estaba teniendo en él en esos momentos. Gio supo que tenía que trabajar mucho si quería tomarse algo de tiempo libre después de la boda, así que se dijo que tal vez fuese mejor tomarse un res-

piro de Billie y de las inoportunas emociones que
esta le provocaba.

–No me puedes regalar la casa –protestó Dee–.
No puedo vivir de ti, te pagaré un alquiler.

Billie no quería herir los sentimientos de su prima
diciéndole que cuando se casase con Gio no necesi-
taría que le pagase un alquiler. No obstante, Dee era
una mujer muy independiente, que había aprendido
muy pronto que tenía que ser así. En las pocas ocasiones que había dependido de alguien, la habían de-
cepcionado.

–¿También pretendes vender la tienda? –le preguntó Dee.

–La verdad es que no quiero separarme de ella
–admitió Billie.

Dee se mordió el labio inferior y preguntó:

–¿Por qué no me dejas a mí al frente, tres meses
de prueba? –sugirió–. Te ayudé a montarla y creo
que, con la ayuda de un contable, podría llevarla.

Billie estudió a su prima, sorprendida. Jamás había imaginado que le gustaría trabajar en la tienda.

–No tenía ni idea de que podía interesarte.

–Pues sí, si te soy sincera, siempre me ha interesado... pero sabía que no podías pagar a alguien
a tiempo completo, por eso no te lo había dicho.

Ambas hablaron del tema largo y tendido y llegaron a un acuerdo. Cuando terminaron la conversación, Billie estaba sonriendo de oreja a oreja, fe-

liz de saber que Dee se iba a ocupar del negocio, opción que le gustaba mucho más que la de venderlo.

—Si estás dispuesta a ir a Grecia, es que confías en Gio —comentó su prima.

—Siempre ha sido sincero conmigo, incluso cuando ha tenido que decirme cosas que yo no quería oír —admitió Billie con amargura—. Si él está dispuesto a casarse conmigo por el bien de Theo, yo estoy dispuesta a confiar en él.

—Tienes un corazón demasiado grande, Billie. No permitas que te lo vuelva a romper —le advirtió Dee preocupada.

Fue un consejo que Billie deseó poder emplear, sobre todo, cuando volvió al hotel y se enteró de que Gio había decidido marcharse a Londres a trabajar. Eso decía en la nota que le había dejado, pero no la podía engañar. Billie sabía que se había molestado con ella y por eso se había marchado. En una ocasión, mucho tiempo atrás, había salido de casa sin que a él le pareciese bien y, al volver, se había encontrado con que Gio había vuelto a Grecia. Sin embargo, en esa ocasión, Billie se sintió furiosa porque la había sacado de su casa para tenerla encerrada en un hotel, con una niñera y cuatro guardaespaldas para vigilarla.

Capítulo 7

ALEANDROS Conistis estuvo a punto de caérsele la copa.

–¿Qué te vas a casar otra vez? –repitió con incredulidad.

Gio lanzó a su mejor amigo una mirada amenazadora.

–*Ne*... Sí.

–¿Y conozco a la afortunada? –preguntó Leandros.

–La viste brevemente, en una ocasión –respondió Gio a regañadientes–. Se llama Billie...

Leandros vació su copa de un trago.

–No sabía... que hubiese sido tan importante en tu vida. ¿Ya la conoce tu familia? –preguntó.

Gio apretó los labios.

–No.

–¿Y cuándo va a ser la boda?

–Mañana –respondió Gio, diciéndole el lugar y la hora con espectacular frialdad.

–Qué... repentino –comentó con cautela.

–*Ne*... Sí.

—Muy... apresurado —añadió Leandros, con creciente osadía.

—No lo suficiente —admitió Gio en tono seco—. Mi hijo ya tiene quince meses.

—Oh, Billie, estás preciosa —comentó Dee suspirando mientras ataba el lazo que iba a la espalda del vestido de novia.

Ella se miró al espejo y parpadeó. Todavía no estaba acostumbrada a los lujos del apartamento que Gio había alquilado para Theo y para ella. Ni siquiera podía creerse que fuese a casarse con él. Sobre todo, porque solo faltaba una hora para la ceremonia y ni siquiera se hablaban. ¿Cómo podía ser tan tonta?

Gio los había dejado cuatro días en el hotel de Yorkshire y los había llamado varias veces y había hablado como si no hubiese ocurrido nada.

—Sabía que tenías demasiadas cosas que hacer como para acompañarme a Londres —le había dicho.

A pesar de que había pedido a una de sus secretarias que lo organizase todo.

—Y sabía que querrías despedirte de tus amigos y terminar de organizar el tema de la tienda.

Lo que no sabía Gio era que Billie había decidido que fuese Dee la que la acompañase hasta el altar.

—Sabía que no querrías hacer que Theo volviese

a cambiar de ambiente y conociese a más extraños –había opinado Gio en tono complaciente.

Billie estaba furiosa con él. De hecho, su enfado no había hecho nada más que aumentar al ver que Gio actuaba como si hubiese hecho lo mejor dejándolos en Yorkshire mientras él volvía a Londres. No obstante, se miró al espejo e intentó controlar su ira. Era un vestido muy romántico, con encaje chantilly y raso, ligero y vaporoso, que realzaba sus curvas. El velo corto y la corona de flores eran sencillos, pero elegantes.

Llamaron a la puerta y, dado que la única persona que había en el apartamento era Irene, la agradable niñera de mediana edad que Gio había contratado, Dee la abrió.

–Ah... –exclamó, retrocediendo al ver a Gio.

Billie se quedó helada.

–¡Se supone que no debes verme con el vestido de novia! –exclamó consternada.

Sorprendido por la presencia de Dee, Gio murmuró algo y se maldijo al sentir cómo reaccionaba su cuerpo al ver a Billie con aquel vestido blanco. No le habría importado morirse en aquel preciso momento. Dee salió de la habitación y cerró la puerta tras de ella, y él avanzó sin apartar la mirada de los labios rosados de Billie.

–Estás fantástica –le dijo con voz ronca.

Ella tuvo que hacer un esfuerzo para no contestarle del mismo modo. Tal vez para Gio fuese una boda pequeña, aunque, para ella, era algo muy grande, y Gio había decidido ponerse un chaqué y corbata gris y negra. La chaqueta negra parecía hecha a medida y enmarcaba sus fuertes hombros a la perfección. No podía estar más guapo.

–¿Qué estás haciendo aquí? –le preguntó en un susurro, poniéndose tensa–. ¿Has cambiado de idea? Si es así, no pasa nada. No voy a montar un escándalo. De todos modos, no era una boda de verdad...

–*Theos*... Por supuesto que no he cambiado de idea –le aseguró él, ofreciéndole una caja que llevaba en la mano–. Quería darte esto...

Por un instante, él también se preguntó qué estaba haciendo allí en realidad, aunque fuese poco habitual en él, había actuado por impulso. De camino a la iglesia se había dado cuenta de que tenía que verla antes de la ceremonia, y no había nada de malo en eso, teniendo en cuenta que iba a dar el gran paso de casarse con ella. El deseo siempre era una motivación aceptable, siempre y cuando pudiese controlarlo. El sexo con Billie era increíble y no necesitaba ni sentía nada más.

Aturdida, Billie aceptó la caja, la abrió y descubrió un collar y unos pendientes de perlas. Harían juego con las perlas que había en sus zapatos y eran mucho más bonitos que el conjunto de bisutería barato que se había comprado ella.

–Es precioso –murmuró mientras Gio se ponía detrás de ella para abrocharle el collar.

–Quería regalarte algo especial.

Ella notó las perlas frías contra la garganta y se

agachó a tomar los pendientes para ponérselos también.

–Gracias.

Pensó que Gio no había cambiado nada desde que lo conocía. Seguía intentando sobornarla y hacer que se sintiese culpable.

–No puedes hablarme con esa voz tan fría –le advirtió él muy serio–. Aunque sé que te molestó que te dejase sola en Yorkshire.

Billie apretó los dientes.

–¿Quieres decir que te has dado cuenta de que estaba enfadada?

–Por supuesto, en el pasado eras capaz de estar cuatro horas hablándome por teléfono –comentó él en tono irónico–. ¿Qué te pasa? Antes no eras así...

–¡Cállate si no quieres que pierda los nervios! –espetó ella entre dientes–. ¡Me dejaste en ese hotel con Theo, con una niñera a la que no conocía y con tus guardaespaldas. Y lo hiciste a propósito porque te había retado. ¿No estabas tan interesado en conocer a tu hijo? No puedes venir aquí, regalarme unas perlas y esperar que las acepte como disculpa y como explicación –le advirtió.

–No tengo por qué disculparme. Ahora que he terminado el trabajo que tenía pendiente, tendré más tiempo para vosotros –le contestó él–, pero me niego a que te comportes así durante la boda. Por eso tenía que verte.

Billie se quedó en silencio. En esa ocasión, había sido ella la que había añadido tensión a su relación.

—Entonces... ¿vamos a anularla por el momento y a irnos cada uno por nuestro camino? —susurró.

Gio la miró con incredulidad.

—Tú no te vas a ir a ninguna parte sin mí.

Billie no supo por qué, pero, de repente, había sentido miedo. Tenía el corazón acelerado.

—Nunca jamás —continuó él en tono amenazador.

Luego la tomó en brazos y la llevó hasta la cama.

—¿Qué estás haciendo? —le preguntó Billie—. Gio... ¡el vestido!

Él se tumbó encima, aplastándola.

—Deja de pelear... o vas a romper algo.

—Gio... no podemos... —dijo ella, desconcertada—. Esto no va a solucionar nada.

Él la besó apasionadamente.

—Yo pienso que sí.

—Me estás estropeando el maquillaje —protestó Billie, pasando las manos por su pelo.

—No necesitas maquillaje —le aseguró él con voz ronca.

—Todas las novias necesitan maquillaje —argumentó Billie, intentando salir de debajo de él sin estropear más el vestido.

Él volvió a besarla todavía con más intensidad. Su sabor y su olor la embriagaron, haciendo que perdiese el control.

—No te estropearé el vestido —le prometió Gio, levantándole la falda hasta la cintura.

–Gio... –susurró ella, en tono de súplica.

–*Diavelos*, Billie... No puedo más –le dijo él, apretando la erección contra la cuna de sus muslos.

Y ella empezó a derretirse por dentro.

–No podemos... no tenemos tiempo.

–Tenemos tiempo –dijo él, sacándose el teléfono del bolsillo, porque estaba sonando, y hablando con alguien en griego–. Es nuestro día, el de nadie más.

Le acarició la cara interior de los muslos y Billie cerró los ojos y relajó la cabeza contra las almohadas mientras arqueaba la espalda. Tenía el corazón a punto de salírsele del pecho. Gio siguió moviendo las manos y ella dejó de pensar en ese momento. Él le apartó el corpiño solo lo suficiente para sacarle un pecho y lo tomó ansiosamente con la boca.

Billie gimió.

–Necesito saber que eres mía –le dijo él.

Metió un dedo por debajo de las braguitas de encaje y lo enterró en su sexo. Billie separó las piernas casi sin darse cuenta y cuando Gio acarició la parte más sensible de su cuerpo ella gimió y levantó las caderas para alentarlo. Él la besó apasionadamente y siguió acariciándola hasta causarle una sensación insoportable que terminó en una explosión de placer.

–Ah... –suspiró después, quedándose completamente relajada.

El teléfono de Gio volvía a sonar. Él lo apagó con mano temblorosa. Era extraño, a pesar de que seguía estando muy excitado, la tensión interna de unos minutos antes había desaparecido. Volvía a sentirse él mismo por primera vez en cuatro días. Ayudó a Billie a levantarse, le colocó el corpiño, le alisó la falda y la condujo al cuarto de baño, donde no supo qué hacer con el velo, que estaba arrugado.

–¡Dios mío! –exclamó Billie, al ver que, además, estaba despeinada y con el maquillaje estropeado–. Gio, eres toda una amenaza.

Gio se lavó la cara y se peinó con envidiable calma. Llamaron a la puerta y esta se abrió.

–Los coches ya están aquí, señor Letsos. No podemos llegar tarde... –dijo la voz de Damon Kitzakis.

–Llamaré a tu amiga para que te ayude –le dijo Gio a Billie.

Esta se miró al espejo con el ceño fruncido y se dijo, furiosa, que tenía que haberse negado a aquello. El sexo siempre había sido su punto débil con Gio, no era capaz de contenerse ni de resistirse a su pasión, pero estaba segura de que este la habría respetado más si ella hubiese sido menos espontánea y más contenida. No obstante, mientras intentaba peinarse y se retocaba el maquillaje, tuvo que reconocer que en lo que había acababa de ocurrir la única beneficiada había sido ella.

Gio reapareció en el baño un minuto después, estaba serio.

–Damon ha mandado a tu prima y a los niños a

la iglesia. Así que tú vendrás con Leandros y conmigo.

Billie se giró hacia él.

–Pero se supone que vosotros tenéis que llegar primero.

–Puedes esperar en el porche de la iglesia diez minutos, *koukla mou* –le propuso él, mirándola con los ojos brillantes, como divertido–. ¿Por qué te tomas tan en serio esas tonterías?

Billie se ruborizó, levantó la barbilla.

–Supongo que todas las novias lo hacen.

Gio la agarró de la mano y la llevó hacia el ascensor, luego la tomó en brazos y la llevó así hasta la limusina, que estaba aparcada en la calle.

Billie sonrió al ver la cara de sorpresa con la que los miraba Leandros Conistis. De repente, se sintió avergonzada al recordar la única ocasión en la que había visto al amigo de Gio, en la que se había enterado quién era Canaletto.

Leandros le dio un pañuelo a Gio.

–Tienes la cara manchada de pintalabios.

La vergüenza de Billie volvió a aumentar. El otro hombre iba a pensar que, además de ser estúpida, era una cualquiera que no sabía cómo debía comportarse una novia. A pesar de saber que estaba preocupándose más de lo necesario, no pudo evitarlo. Al llegar a la iglesia, Dee la ayudó a bajar de la limusina y la acompañó al porche, donde se fijó en su conjunto de perlas, le dijo que había sido un gesto muy romántico, y la ayudó a colocarse bien el vestido.

Unos minutos después, mientras avanzaba por el pasillo central de la iglesia medio vacía del brazo de su prima, Billie se obligó a pensar que aquello no era un cuento de hadas.

–Es tu sueño –le susurró su prima al oído en ese instante–. No tengas miedo... disfruta del momento.

Billie se acordó de que Gio la había dejado sola en Yorkshire, de que ella se había sentido enfadada, frustrada, y respiró hondo. Pensó que Gio no era en realidad tan sincero, que era complicado, reservado y arrogante, pero lo miró fijamente, tan guapo e imponente junto al altar, y no pudo evitar que se le encogiese el corazón. Fue entonces cuando fue consciente de la realidad, una realidad que la vanidad le había llevado a negar. Amaba a Gio y, probablemente, siempre lo amaría, independientemente de lo que este hiciese en el futuro.

Reconocer la fuerza de sus sentimientos fue para Billie como romper una cadena que oprimía su pecho. Jamás se había olvidado de Gio y, en esos momentos, estaba a punto de casarse con él. Decidió intentar tener una actitud más positiva. Y justo en esos momentos cruzó su mirada con la de una mujer rubia de ojos azules que la estudiaba desde la segunda fila de bancos. Se quedó inmóvil y Dee tuvo que tirar de ella para que siguiese andando.

¿Cómo era posible que Calisto estuviese invitada a la boda? ¿Qué significaba aquello? A Billie le tembló la mano mientras Gio le ponía la alianza. Estaba desconcertada y solo podía pensar en la otra mujer, en su cuerpo menudo, envuelto en un bonito vestido azul y una chaqueta de encaje negro, en su perfecta melena color platino, en su rostro de ángel. En persona era todavía más guapa que en las fotografías y Billie supo que jamás podría alcanzar su nivel.

–¿Qué está haciendo aquí tu exmujer? –le preguntó a Gio en un susurro, mientras posaba para los fotógrafos, de la mano con él.

Gio le acarició la suave piel de la muñeca para tranquilizarla.

–No tengo ni idea, pero no habría sido de buena educación pedirle que se marchase.

–Tal vez no –admitió ella–, pero ¿cómo se ha enterado de la boda?

Gio la miró con el ceño fruncido.

–Se lo he contado yo, naturalmente. No quería que se enterase por otra persona. Y seguro que ha pensado que iba a quedar mal si no venía. Y a Cal siempre le gusta quedar bien.

La noticia de que Gio y su exmujer se llevaban lo suficientemente bien como para que este le contase que iba a casarse desconcertó a Billie. Que Gio utilizase un diminutivo para hablar de ella, la molestó todavía más. Aunque existía la posibilidad de que Calisto hubiese ido a la boda solo por curiosidad. Era comprensible. Solo hacía un par de meses que se había divorciado de Gio.

Billie miró hacia donde estaba la otra mujer y la vio charlando con Leandros y con otros dos amigos griegos de Gio.

–Se lleva muy bien con todo el mundo –comentó muy a su pesar, dándose cuenta de que la otra mujer no se sentía en absoluto incómoda con la situación.

–Cal es prima hermana de Leandros –le contó Gio–. Y hermanastra de uno de mis abogados. Supongo que conoce a casi todos los presentes.

Toda aquella información solo hizo que Billie se sintiese todavía más incómoda. Unos minutos después, la vio subiéndose a una limusina con los tres hombres. Tras la ceremonia, iban a ofrecer un desayuno en un exclusivo hotel de Londres. Billie había tenido la esperanza de que Calisto no asistiese, pero estaba segura de que se iba a llevar una decepción. Nada más llegar al hotel, la primera persona a la que Billie vio en la recepción fue a ella, sonriéndoles. Besó a Gio en la mejilla y le pidió que le presentase a su esposa.

–Ya he conocido a tu hijo... ¡es un cielo! Y tú has sido muy lista, trayendo a semejante ángel al mundo.

Gio rio suavemente.

–Theo es precioso, ¿verdad?

–Preciosísimo –dijo Calisto, apoyando una mano en el brazo de Billie para evitar que esta se marchase.

–Disculpadnos un momento –los interrumpió Dee con tono mordaz–. Billie, te tengo que colocar bien el velo.

Aliviada, Billie siguió a su prima hasta la otra

punta de la recepción, donde Dee le sujetó bien el velo mientras le preguntaba.

–¿Quién es esa rubia tonta?

Billie se lo contó y Dee abrió los ojos como platos.

–¡Cómo ha podido presentarse aquí! –comentó enfadada–. ¡Ninguna novia quiere que su antecesora acuda a la boda!

Billie se ruborizó.

–No quiero montar un escándalo, sobre todo, teniendo en cuenta que a todo el mundo le parece bien.

–¿Con todo el mundo te refieres a Gio? –le preguntó Dee–. Esa mujer te está estropeando el día y él, como casi todos los hombres, no está haciendo nada para impedirlo.

–Odia las peleas de gatas. Así que no voy a decir nada –le contestó Billie–. Si Calisto puede soportar verme a mí, yo tengo que soportar verla a ella.

–Pues yo no lo aguantaría –admitió Dee.

Billie fue a saludar al resto de los invitados e hizo gala de mucho aplomo. Gio había invitado a varios empresarios, a sus abogados y a un grupo de griegos que residían en Londres. Sorprendentemente, no había nadie de su familia y a Billie le preocupó que esta se hubiese negado a asistir a la boda porque no aprobaba que Gio se hubiese casado con una mujer que no pertenecía a su nivel social.

Billie había conocido a los abogados de Gio cuando estos habían ido al hotel con el acuerdo prenupcial. Le habían recomendado que se informase bien antes de firmarlo, pero Billie no había tenido tiempo de consultar con nadie, ya que había estado demasiado ocupada reorganizando su vida. De todos modos, Gio no era nada tacaño en lo relacionado con el dinero, y ella no necesitaba que le dijese por escrito que sería siempre justo. En una ocasión, Gio le había contado que su padre había sido vergonzosamente mezquino a la hora de darle dinero a su madre después del divorcio, y Billie estaba convencida de que él jamás cometería el mismo pecado.

Cuando hubieron recibido a todos los invitados, Billie vio que Gio y Leandros se acercaban a hablar con Calisto, y ella decidió ir al baño a refrescarse. No podía negar que Calisto le había empañado el día, pero no podía evitar que estuviese allí.

Estaba retocándose el pintalabios cuando se oyó la puerta y unos tacones. Calisto apareció a su lado en el espejo y le dijo:

—No te molestes en sentirte orgullosa por haber conseguido que Gio me pida que me marche. Ha tenido tiempo suficiente para arrepentirse de nuestro divorcio y, como es natural, le molesta tener que casarse contigo para poder tener a su hijo. Y todavía le molesta más vernos juntas porque... al fin y al cabo, no hay comparación, ¿no?

Billie se apartó del espejo, levantó la barbilla y preguntó:

—¿Fue Gio el que se divorció de ti?

—Solo porque no pude darle un hijo —respondió Calisto alegremente—, pero ahora que ya tiene uno...

Muchas gracias por haberme resuelto ese problema. Ahora podrá tenerme a mí y a su precioso hijo y heredero.

–¿Se puede saber qué estás intentando decir? –preguntó Billie sorprendida.

–Que los triángulos amorosos nunca funcionan, y que Gio no tardará en quitarte a tu hijo y volver conmigo –respondió Calisto con satisfacción–. Tú eras su amante, y me temo que una mujer como tú no puede ocupar otro lugar en su vida.

–¿Una mujer como yo? –inquirió Billie con los ojos brillantes.

–Una mujerzuela de buen corazón –se explicó Calisto, poniendo los ojos en blanco–. Una marioneta con los pechos y el trasero grandes. No estás destinada a ser una Letsos y tu reinado será breve.

Billie sacudió la cabeza mientras iba hacia la puerta. ¿Cómo era posible que Gio se hubiese casado con semejante víbora? Era evidente que ella no era tan guapa como Calisto, pero no iba a entrar en la discusión a pesar de que no era nada optimista con respecto a lo que esta le había dicho acerca de Theo y de los motivos por los que Gio le había pedido que se casase con él.

¿Era posible que lo hubiese hecho solo para tener los mismos derechos que ella sobre su hijo? ¿Era cierto que se había divorciado de Calisto porque esta no podía quedarse embarazada? Billie intentó tranquilizarse recordándose que Gio le había pedido a su exmujer que se marchase de la boda.

Acalorada y nerviosa, volvió al elegante salón y fue a buscar a su hijo, que estaba con la niñera, para darle un abrazo. Desde allí vio a Gio y a Leandros, separándose de Dee después de haber estado hablando con ella.

–Es agradable –admitió Gio, una vez sentados a la mesa para tomar el desayuno–, pero eso no significa que piense que es la persona adecuada para ser tu amiga.

–Intenta no juzgarla. Si no hubieses leído ese informe, no te habrías enterado de su pasado –comentó Billie–. Y todos cometemos errores... Tú te casaste con Calypso.

–Calisto –la corrigió él–. Se ha marchado...

–Me alegro –dijo ella, dándole un sorbo a su copa de champán.

–No me parecía apropiado que se quedase.

–¿Por qué te divorciaste de ella? –le preguntó sin mirarlo.

–Porque éramos incompatibles –respondió Gio sin dudarlo.

–Eso no es una explicación... –empezó ella enfadada.

Gio levantó una mano y la enredó en sus rizos para obligarla a mirarlo.

La mirada de Billie chocó con sus ojos oscuros y ella sintió calor, se le cortó la respiración. Gio pasó la lengua por su labio inferior y ella notó cómo se le ponían duros los pezones.

–*Se thelo*... Te quiero a ti –le dijo Gio en un susurro.

Ella asintió y notó cómo se le encogía el corazón mientras Gio le devoraba la boca.

Leandros hizo una señal para anunciar que iba a dar un breve discurso y Gio rompió el beso y miró a Billie, que, de repente, parecía divertida. Era como un soplo de aire fresco en su vida. ¿Era eso lo que lo desconcertaba? Billie era especial. ¿Qué otra mujer habría tolerado la aparición de Calisto en su boda sin montar un espectáculo?

La vio levantarse para ir por Theo, que la estaba llamando desde una mesa cercana. El niño estaba cansado, lloró y se aferró a los brazos de su madre antes de apoyar la cabeza en su hombro. Gio vio la escena y se sintió mal por el acuerdo prenupcial que había hecho firmar a Bellie. Era una ingenua. Él había imaginado que no se molestaría en leer todas las cláusulas ni la letra pequeña. Tenía la seguridad de que no le interesaba su dinero, y había sido despiadado con ella, a pesar de saber lo mucho que quería a su hijo.

No obstante, Billie no debía enterarse de los términos del acuerdo. Si lo hacía, se llevaría una horrible decepción, ya que siempre había visto a Gio con muy buenos ojos y había confiado en que era mucho mejor persona de lo que era en realidad. Gio decidió que conseguiría la copia que Billie tenía del documento y la pondría a buen recaudo...

Capítulo 8

EL HELICÓPTERO aterrizó en un claro iluminado por antorchas en la isla de Letsos.

–Así que esta es la isla donde naciste. ¿Es tuya? –preguntó Billie, mientras Gio la ayudaba a bajar y después volvía a tomar a Theo en brazos y a ayudar también a la niñera.

–Todavía pertenece a mi abuelo. Supongo que, de haberla heredado mi padre, a estas alturas ya estaría vendida –comentó–. Vendió todo lo que pudo antes de morir.

–¿Fue tu familia la que le puso el nombre a la isla?

–No. Creo que mis ancestros empezaron a utilizar ese nombre hace varias generaciones, después de una disputa familiar que los dividió en dos facciones –le explicó Gio, acompañándola hasta el coche.

–Estoy deseando conocer a tu familia –mintió Billie por educación.

No podía negar que sentía curiosidad, pero tenía miedo de cómo iban a recibirla. Podían recriminarle muchas cosas: la rapidez con la que habían organizado la boda, que Theo no hubiese nacido en el seno del matrimonio, y que ella fuese una extraña y no perteneciese a ninguna familia de alto linaje. Estaba segura de que todo aquello hacía que la viesen con cautela y, posiblemente, incluso con hostilidad.

—Los conocerás a todos mañana –le dijo Gio.

—Pensé que los iba a conocer ahora... esta noche –respondió ella en tono tenso.

—Ha sido un día muy largo y esta noche no vamos a quedarnos en la casa principal. Les presentaremos a Theo por la mañana.

Gio pasó una mano por la espalda del niño y luego lo sentó en la sillita del coche.

—Cuanto antes esté en la cama, mejor. Irene, nuestra institutriz te ayudará esta noche porque sé que estás cansada. Vamos a dejar a Irene y a Theo en casa de Agata.

—¿Dejar a Theo? –preguntó Billie.

—Relájate. No vamos a abandonarlo en un parque –le dijo Gio en tono divertido–. Vamos a pasar la noche de bodas en la casa de la playa. Recogeremos a Theo por la mañana, antes de ir a conocer a la familia. A Agata le encantará ser la primera en conocer a mi hijo.

Al llegar a casa de Agata, Billie se dio cuenta de que Gio no había exagerado, ya que su llegada causó mucha alegría. Agata era una mujer rechoncha, de mediana edad. Saludó a Gio con muchísimo cariño y tomó a Theo en brazos con una cálida sonrisa mientras le daba la bienvenida a Irene.

Gio y Billie volvieron al coche y un rato después este se detenía delante de un camino de arena. El conductor, que era un hombre joven, sacó las maletas y echó a andar por un camino.

–Ten cuidado –le advirtió Gio a Billie–, es un camino muy empinado.

–No me habría puesto estos zapatos si hubiese sabido que íbamos a venir a la playa –murmuró ella–. Pensé que íbamos a conocer a tu familia.

–Quería sorprenderte.

–Pues lo has conseguido –dijo Billie riendo.

Clavó la vista en la inmaculada playa que se extendía a sus pies. El sol se había puesto ya, pero había una hoguera que iluminaba parte de la playa e incluso las olas.

La casa de madera estaba en un extremo.

–¡Qué bonito! –exclamó Billie al verla.

Gio la llevó en brazos hasta la puerta y a Billie se le cayó un zapato. Él dijo que era lo mejor, ya que no podía andar con ellos. Cuando la dejó en el suelo de madera, Billie estaba sonriendo. Había flores y velas por todas partes. El conductor dejó las maletas y se marchó.

Billie recorrió la lujosa casa descalza.

–¿Quieres champán? –le preguntó Gio.

–Tal vez más tarde. Ahora lo que necesito es una ducha –admitió ella, que estaba deseando quitarse el vestido y la chaqueta–. ¿Me bajas la cremallera?

–Si te bajo la cremallera, no vas a llegar a la ducha –le advirtió él.

Le bajó la cremallera, apartó la tela del vestido y le dio un beso en el hombro.

–Tienes la piel tan suave –dijo con voz ronca, bajándole el vestido y ayudándola a salir de él.

–Veo que no voy a llegar a la ducha –admitió ella, girándose muy despacio hacia Gio.

–En cualquier caso, la ducha será más tarde, y es probable que tengas que compartirla –le dijo él sonriendo–. Eso, si permito que salgas de la cama...

Billie pensó en preguntarle si pensaba que tenía el trasero demasiado grande, pero se contuvo. Intentaba mantener un peso estable, pero nunca le había importado tener curvas. Le molestó que su cuerpo le preocupase de repente.

–Tú llevas puesta demasiada ropa –comentó en su lugar.

Gio la tomó en brazos y la besó apasionadamente antes de llevarla hasta la cama.

–Te prometo que después vendrá la ducha, la comida y el comportamiento civilizado.

Billie recordó la multitud de ocasiones en el pasado en las que Gio la había abrazado con impaciencia nada más entrar por la puerta de casa. A ella siempre le había gustado y había visto en aquel fervor la prueba de que era mucho más importante para él de lo que se atrevía a confesar. Por supuesto, la noticia de que iba a casarse con Calisto había sido muy dolorosa. Así, Gio la había obligado a darse cuenta de que era peligroso soñar, y que había sido una tonta por hacerse ilusiones para así sentirse más segura. No obstante, en cuanto sus pensamientos tomaron aquel rumbo, Billie los apartó de su mente y se recordó a sí misma que era su noche de bodas.

Gio era su marido y era suyo como nunca antes, se dijo, intentando apartar de su mente todas las preocupaciones. Junto con Theo, iban a ser una familia. Y también iban a formar parte de otra familia mucho más grande, que Billie esperaba que terminase por aceptarla, aunque fuese solo por el bien de Theo.

—¿Has organizado tú todo esto? —preguntó Billie, señalando las flores y las velas—. ¿Se suele utilizar esta casa?

—Yo hacía mucho tiempo que no venía —admitió él, quitándose la camisa—. La hermana de Leandros, Eva, es diseñadora de interiores y me ha hecho el favor de prepararlo todo deprisa y corriendo. El resto lo ha hecho el personal de la casa principal.

—Me encantan las velas y las flores —comentó Billie.

—Sabía que te gustarían... siempre has sido muy romántica —bromeó Gio.

—Pero lo has organizado tú, así que también debes de ser romántico —añadió ella, sorprendida de que Gio hubiese pedido que hiciesen todo aquello para su noche de bodas solo para complacerla.

—Yo nunca seré romántico, pero soy lo suficientemente inteligente como para saber lo que tengo que hacer para complacerte, *glyka mou*.

Ella hizo un esfuerzo enorme para apartar la

atención de sus abdominales. Era un hombre increíble y estaba con ella, no con la también increíble Calisto. Por un segundo, la idea hizo que se pusiese nerviosa, pero se reprendió por pensar en aquello. Gio estaba casado con ella y Calisto formaba parte de su pasado. Ajeno a sus crisis de inseguridad, Gio se quitó los pantalones y la ropa interior con impaciencia.

A Billie se le secó la boca, se le aceleró el pulso. Hacía tanto tiempo que no disfrutaba de ver a Gio desnudarse. El día que había comido con él en el hotel y habían terminado en la cama, Gio ni siquiera se había quitado la ropa. Le ardió el rostro al recordarlo.

–¿En qué piensas? –le preguntó él, volviendo a la cama.

Ella se lo dijo y Gio se echó a reír.

–No te seduje precisamente, ¿no? Estaba excitado como un adolescente, pero al menos utilicé protección.

–Yo también me dejé llevar –admitió, pasando la mano por su mandíbula–, pero será mejor que tengas cuidado, porque no estoy utilizando ningún método de contracepción.

Gio la tumbó y se inclinó sobre ella.

–¿Debo tener cuidado? Me perdí tu embarazo de Theo y me encantaría poder verte así –le confesó con los ojos brillantes.

Aturdida, Billie pensó que ningún otro comentario le habría gustado más. Aunque le sorprendió que Gio quisiera tener un segundo hijo con ella, porque eso significaba que veía su matrimonio como un acuerdo a largo plazo.

—Me puse muy gorda —le advirtió ella.

—Estás preciosa —comentó él—. *Theos*, cómo me gusta tu cuerpo.

—¿De verdad?

—No puedo dejar de acariciarte, Billie —gimió él, desabrochándole el sujetador para tomar sus pechos con ambas manos—. Jamás podría...

El cerebro de Billie no dejaba de funcionar y la estaba alentando a hacer preguntas cuya respuesta necesitaba conocer.

—Entonces, ¿por qué te casaste con una mujer que debe de pesar la mitad que yo?

De repente, se hizo el silencio. Gio la miró a los ojos.

—Me casé con ella por los motivos equivocados... y pagué por ello —admitió.

Billie quiso saber más, pero eso podía implicar estropear su noche de bodas con la sombra del pasado. Así que hizo un esfuerzo casi sobrehumano para olvidarse del tema, ya que era evidente que Gio se arrepentía de lo que había ocurrido. ¿Era ese arrepentimiento suficiente para contentarla? ¿Era suficiente para sanar su ego herido?

—Quiero pasar toda la noche haciéndote el amor —le aseguró Gio—, pero entonces mañana estarás demasiado cansada para conocer a mi familia.

—Ahora, vas a tenerme todas las noches que quieras —le susurró ella al oído.

–Pues te prometo que las voy a aprovechar, porque estoy muy necesitado de sexo –confesó él mientras le besaba los pechos y la acariciaba al mismo tiempo–. Jamás pude saciarme de ti y ahora que por fin eres mía, voy a ser muy exigente.

–Promesas... promesas –respondió ella, sintiéndose cada vez más segura.

A Billie cada vez le costó más trabajo pensar con claridad e incluso hablar. Gio siguió acariciándola con pericia y ella gimió y enterró los dedos en su pelo mientras él utilizaba la boca para hacerla llegar al clímax.

Todavía se sentía débil cuando Gio la tumbó boca abajo.

–¿Qué haces?

–Hoy estoy en modo dominante, *moro mou* –le dijo él, agarrándola por las caderas para volver a penetrarla, y consiguiendo que el deseo de Billie volviese a crecer.

En realidad, a ella siempre le había gustado que Gio se mostrase así de apasionado en la cama. Su comportamiento dominante hacía que se sintiese irresistible. Todo su cuerpo se estremeció, sintió que le costaba respirar y pensó que el corazón se le iba a salir del pecho. Notó una oleada de pequeñas convulsiones internas en la parte más íntima de su cuerpo que pronto le causaron una explosión de placer.

–Qué bien lo haces –balbució con voz temblorosa.

Gio empezó a apartarse de su cuerpo, pero ella lo agarró del brazo y abrió los ojos.

–No, no te vayas. Lo odio.

–Yo soy así –respondió Gio con el ceño fruncido.

–Pero no tienes por qué serlo. Eres capaz de abrazar a Theo.

–Eso es diferente.

Billie sabía que estaba entrando en terreno pantanoso y que, posiblemente, aquel no fuese el mejor momento para quejarse, pero siempre le había dolido que Gio se apartase de ella nada más terminar el acto sexual.

–Nunca has tenido problemas para abrazarme cuando has visto que estaba disgustada por algo, ¿verdad?

–Bueno, no, pero...

–Pues piensa que estoy disgustada –le sugirió entusiasmada, pensando que acababa de encontrar la solución perfecta al problema.

Gio la miró fijamente.

–¿Qué? –preguntó con incredulidad.

–Que, después del sexo, pienses que estoy disgustada y que tienes que abrazarme.

–No me gusta pensar que estás disgustada después de haberte hecho el amor.

–¿Por qué siempre tienes un argumento para todo? –protestó Billie–. Estoy intentando encontrar una estrategia que nos convenga a ambos.

–Pues olvídalo –le recomendó Gio, rodeándola

con ambos brazos y apretándola contra su cuerpo–. Intentaré trabajar en ello, ¿te parece bien?

–Me parece bien –respondió ella, satisfecha.

Le acarició el pecho y después bajó la mano todavía más, para demostrarle que el cambio de actitud también podía tener sus ventajas.

–Muy bien –añadió él con voz ronca–. Muy, muy bien.

Una hora después estaban fuera, recostados en una enorme tumbona, cerca del fuego y rodeados de platos vacíos que evidenciaban la sustancial cena de la que habían disfrutado. Billie tomó la copa de champán que tenía al lado y suspiró.

–Qué tranquilidad, con solo el sonido del mar de fondo.

–De niño siempre me encantaba ese sonido. Mis padres solían traernos aquí y...

Gio se interrumpió a media frase.

Billie lo miró, consciente de que se había puesto tenso de repente.

–¿Y qué? –le preguntó–. Es estupendo que tengas recuerdos bonitos de tu niñez.

–Por aquel entonces, mis hermanas y yo éramos muy pequeños. Fue mucho antes de que mis padres rompiesen... antes de que mi padre conociese *al amor de su vida* –terminó Gio en tono amargo.

–¿Y... quién era ella? –continuó preguntando Billie.

Era la primera vez que Gio hablaba del divorcio de sus padres y ella quería saber más.

–Una modelo inglesa que se llamaba Marianne. Era su amante, pero cuando se quedó embarazada por accidente, de un hijo que al final resultó no ser de mi padre, este decidió que no podía vivir sin ella.

–Vaya –dijo Billie en voz baja, incómoda con las similitudes entre su propia relación y la del padre de Gio con su amante.

Se dijo que tal vez aquel fuese el motivo por el que Gio siempre había mantenido cierta distancia emocional con ella.

–Un verano, mis hermanas y yo volvimos a casa del internado y nos enteramos de que toda nuestra vida había cambiado. Mi padre se había divorciado de mi madre y la había metido en un apartamento en Atenas. Ya no podíamos venir a Letsos ni podíamos estar en nuestra casa porque mi padre, y mira que me cuesta llamarlo así, se había casado con Marianne y esta se había negado a tener cerca a los hijos de su primer matrimonio.

A Billie le sorprendió oírlo hablar con tanta amargura, pero pudo imaginar lo horrible que tenía que haber sido para sus hermanas y para él ver a su madre rechazada y sentirse excluidos de todo lo que anteriormente había sido suyo.

–¿Y tu abuelo no intervino? Antes has dicho que la isla era suya.

–Mi abuelo no podía repudiar a su propio hijo y, como es natural, tampoco quería enemistarse con su nueva nuera. No obstante, se arrepiente de no haber hecho más para ayudar a mi madre, pero por aquel entonces estaba centrado en intentar reparar el daño que las extravagancias y el nuevo matrimonio de Dmitri le habían causado a la familia y al negocio.

–¿Guardaste el contacto con tu padre después del divorcio? –le preguntó Billie.

–No, después de verlo la primera vez, solo volví a verlo otra –le contó él–. El amor puede llegar a ser una emoción muy destructiva. Mi padre destruyó a su familia en nombre del amor y mi madre jamás se recuperó del golpe.

Billie empezó por fin a comprender por qué Gio había llegado a la conclusión de que las emociones humanas podían ser tóxicas. De niño, había visto las peores consecuencias de lo que él pensaba que era amor cuando su padre había sacrificado a su familia para poder estar con la mujer con la que quería estar.

–No puedes decir que el amor de un padre por su hijo es destructivo –comentó Billie.

–Un hombre de principios puede hacer lo que tiene que hacer por su familia sin hablar de amor –respondió él, abrazándola–. No necesito quererte para cuidar de ti.

A Billie le ardieron los ojos. Era evidente que Gio no había cuidado de ella cuando había decidido casarse con Calisto dos años antes, pero aquel era un recuerdo que prefería no despertar. En su lugar, dejó su copa y apoyó la cabeza en el hombro de Gio.

–Supongo –continuó este después de haberse quedado pensativo, algo poco habitual en él–, que quiero a Theo, pero porque es un ser pequeño e indefenso. Es como un cachorro de gato o de perro. Antes de marcharme de Yorkshire le hice muchas fotografías y, después, estaba deseando volver a verlo.

A Billie le resultó triste sentir envidia de su hijo por haber acaparado la atención de Gio en tan poco tiempo.

–También tenía muchas ganas de verte a ti... ya lo has visto, no he podido esperar a que nos encontrásemos en la iglesia –le confesó Gio, pasando la barbilla por su suave cuello.

Por fin se sentía en paz después de mucho tiempo y se preguntaba qué tenía Billie para causar semejante efecto en él.

–No sé por qué he ido a verte. Ha sido una locura.

–No me ha importado –contestó Billie, girándose entre sus brazos para mirarlo a él en vez de mirar a las estrellas.

La expresión de su rostro era de diversión con su propio comportamiento de aquella mañana y era evidente que todavía estaba dándole vueltas al tema.

–La verdad es que, en el fondo, me parece que tenía miedo que no vinieses a la iglesia... ¿Te parece una locura?

Ella pensó que si Gio hubiese sabido cuánto lo

quería, no habría tenido esa duda. Por muy enfadada que hubiese estado con él, jamás lo habría dejado plantado en el altar.

–Dios mío, qué casa tan grande –susurró Billie cuando el todoterreno se detuvo delante de una enorme casa situada en lo alto de una colina y rodeada de un maravilloso jardín tropical.

–Tenía que ser grande para que toda la familia pudiese reunirse en ella, así que casi cada nueva generación ha ido ampliándola desde que se construyó.

Billie se dio cuenta de que estaba tenso. Gio salió del coche para desatar a Theo, que iba en su sillita, mientras Irene y Agata subían las anchas escaleras que daban a la puerta principal, que estaba abierta.

El ama de llaves los estaba esperando, pero Gio no se molestó en presentarle a Billie y a Theo, entró en la casa con paso decidido.

–¡Gio! –exclamó Billie, intentando seguirlo–. Si va a haber mucha gente, dame a Theo. Se siente incómodo cuando hay extraños...

Él apretó la mandíbula y le tendió al niño. Billie se lo colocó en la cadera y añadió:

–Y sonríe, por favor. No importa lo que tu familia piense de mí... vas a tener que darles tiempo...

El elegante salón estaba en proporción con la casa, era enorme, y Billie se sintió desconcertada al ver que estaba lleno de gente, tanto de pie como sentada. Gio tenía una familia mucho más grande de lo que ella había pensado. Cuando entraron en la habitación, todo el mundo se giró a mirarlos y a Billie se le encogió el estómago y tuvo que respirar hondo para intentar calmar los nervios.

–Os he pedido a todos que vinierais hoy para presentaros a mi esposa –anunció Gio, rompiendo el imponente silencio–. Esta es Billie. Nos casamos ayer y...

Se oyó un ruido en un rincón y un anciano se levantó y golpeó el suelo con su bastón. Su rostro estaba rígido y habló furioso, en griego, a Gio. Este le respondió en el mismo idioma y después puso una mano en la espalda de Billie para dirigirla hacia la puerta.

–Nos vamos –le dijo.

Una mujer joven, alta y esbelta, se acercó a ellos.

–¡Por favor, Gio, no te marches! Soy Sofia, la hermana pequeña de Gio. Gio, ¿por qué no nos dijiste que ibas a casarte?

Billie dejó de andar y se cambió a Theo de cadera.

–¿Gio no os dijo que se iba a casar? –preguntó con incredulidad.

–No, solo nos dijo que quería darnos una sorpresa. Por eso estamos hoy aquí reunidos.

–Nos tenemos que marchar, Billie –le recordó él.

Pero Billie se dio la media vuelta antes de que él abriese la puerta y dijo:

–Gio tenía que haberos avisado de que nos íbamos a casar. Yo no tenía ni idea...

–Billie –la interrumpió él, poniendo una mano en su hombro.

–Bueno, siento tener que criticarte delante de tu familia, pero tenías que haberlos avisado. Es evidente que están sorprendidos y, cuando uno se lleva una sorpresa, en ocasiones dice cosas que en realidad no piensa –comentó ella mirando al anciano, que debía de ser el abuelo de Gio, Theon Letsos–. No tiene ningún sentido marcharse enfadado por ese motivo.

–No estoy enfadado –gruñó Gio entre dientes, indignado porque Billie le estaba llevando la contraria delante de su propia familia.

–Quizás deberíamos hablar de esto –admitió el anciano también en mal tono–. Tu esposa tiene razón. He hablado de manera precipitada y sin pensar.

–Te ha insultado –le contó Gio a Billie.

–No pasa nada. Solo me podría ofender si lo hiciese en mi idioma –respondió ella–. ¡Y no entiendo ni una palabra de griego!

–Gio y sus hermanas estudiaron en colegios ingleses –le contó el anciano, sonriendo de repente–. Ven a sentarte y háblame de ti. No aguanto mucho tiempo de pie.

Sorprendido, Gio vio cómo Billie se ponía a charlar con su abuelo como si lo conociese desde hacía años, y cómo él mismo quedaba relegado a un segundo lugar.

–Perdona mi brusquedad –murmuró Theon–. Soy el abuelo de Gio, Theon Letsos.

–Y yo soy Billie, que no es el diminutivo de ningún otro nombre.

–¿Y tu hijo?

–Nuestro hijo –lo corrigió Gio orgulloso–. Tu bisnieto se llama Theon Giorgios, pero lo llamamos Theo.

Sorprendido por la revelación, el anciano observó cómo el niño gateaba por el suelo con toda la energía de un niño pequeño que ha estado demasiado tiempo quieto.

–Theo... –repitió, rompiendo el tenso silencio que inundaba la habitación–. ¿Pero os casasteis ayer?

–Gio se ha enterado de la existencia de Theo hace poro tiempo –le contó Billie–. Llevábamos varios años sin estar en contacto...

Gio apretó los dientes.

–No hay ninguna necesidad de hablar de ese tema.

–Por supuesto que sí. No quiero que nadie piense que he estado teniendo una aventura con un hombre casado –declaró Billie sin dudarlo.

Sabía que Gio no la entendía porque era completamente indiferente a lo que pensasen de él los demás, pero Billie no quería tener aquel estigma con su familia. Tal vez no le gustase Calisto, pero jamás habría tenido una relación con Gio casado, con o sin el conocimiento de su esposa.

–Un bisnieto que se llama como yo...

Theon estaba decidido en concentrarse en lo positivo y decidió hacer caso omiso de las palabras de su nieto.

–Un niño guapo... ¡y nada tímido! –añadió riendo.

Theo se había acercado a otro niño que tenía un montón de juguetes esparcidos por el suelo y había tomado el primer objeto de colores que tenía delante.

–Bueno, háblame de ti –le pidió el anciano a Billie.

–Billie no ha venido aquí para que la entrevisten –intervino Gio en tono frío.

–Tengo mucha sed, ¿te importaría traerme algo de beber? –le pidió ella a Gio.

Como era de esperar, Gio chasqueó los dedos y una camarera acudió inmediatamente.

Billie miró a Theon, que estaba sonriendo, y ella esbozó una sonrisa también al darse cuenta de que su estrategia no había funcionado. Habría preferido no tener a Gio a su lado, dispuesto a defenderla en todo momento. Era la primera vez que se comportaba así y a Billie le sorprendió que se mostrase tan frío y reservado incluso con su familia. Aquello también la entristeció. Gio era un lobo solitario. ¿Cómo era posible ser tan cerrado y frío teniendo una familia tan grande y, al parecer, tan unida?

Theo volvió a gatear hasta su madre, se agarró a sus rodillas para levantarse y después pasó a las piernas de su padre. De repente, Gio se relajó y le sonrió, tomó a su hijo en brazos y lo llevó de vuelta adonde estaban los juguetes.

—Hacía mucho tiempo que no veía sonreír a Gio —admitió Theon.

—Yo no procedo de una familia de dinero. Tenía una tienda. Soy una mujer trabajadora, normal y corriente —le explicó Billie antes de que Gio volviese y censurase la conversación—. Quiero que lo sepa desde el principio.

—Hace años, no muchos, que he aprendido que eso no tiene importancia —admitió Theon encogiéndose de hombros—. Y me temo que debo contradecirte en algo. Una mujer normal y corriente jamás podría lidiar con Gio ni con la familia Letsos con tanta tolerancia y sentido común.

Ese fue el último momento que Billie habló en privado con Theon. Después, le presentaron uno a uno a los tíos, tías y hermanas de Gio, incluida, para su sorpresa, su hermanastra Melissa, a la que durante media vida no habían aceptado en la familia porque había sido el resultado de una aventura de juventud de Dmitri Letsos.

—Cuando los conoces, no son mala gente —comentó Melissa sonriendo—. Entre los hermanos hay cierta rivalidad, como es normal, pero todo el mundo adora a Gio. Él me ayudó a entrar en la familia y es al primero al que llamamos todos cuando tenemos un problema. Espero que no te importe. Calisto no lo soportaba.

A juzgar por varios comentarios, Billie tuvo la sensación de que la primera esposa de Gio no había caído bien en la familia. No pudo evitar sentir curiosidad acerca de su predecesora a pesar de saber que no tenía sentido y que, además, era posible que averiguase cosas que le hiciesen daño. Gio se había casado con otra mujer. «Supéralo», se ordenó con impaciencia, decidida a no dejarse acechar por las sombras del pasado.

–Si tu esposa es la persona que parece ser, es oro macizo –le dijo a Gio su abuelo.

–Con respecto a Billie, no necesito que nadie me dé su aprobación –replicó él en tono seco.

Un rato después, Irene se había llevado a Theo a darle un baño y los invitados habían empezado a dispersarse por la enorme casa, así que Billie aprovechó para explorar los maravillosos jardines. Al final, se sentó a la sombra de un viejo castaño para disfrutar desde él de las increíbles vistas de la isla y del mar. Estaba agotada, pero contenta porque la reunión con la familia de Gio había ido bien.

Pensó en lo agresivo que se había puesto Gio con su propia familia, dispuesto a atacar a cualquiera que la atacase a ella, suspiró e intentó relajarse.

–He estado buscándote por todas partes –dijo Gio, acercándose a ella–. Arriba, abajo...

–Tal vez deberías ponerme un microchip para saber dónde estoy en cada momento –le contestó Billie.

Él hizo un esfuerzo por controlar su exasperación y espiró. Billie estaba muy guapa y parecía contenta y él no podía explicarle que tenía miedo de que, a pesar de haber dado una imagen fantástica delante de su familia, se sintiese herida por cómo la había recibido esta.

–¿Estás bien?

–Cansada –admitió, mirándolo a los ojos–, pero es que anoche no dormimos mucho...

Gio se ruborizó ligeramente y le brillaron los ojos. Esbozó una sonrisa muy sensual y Billie pensó que lo quería. Lo quería demasiado.

–¿Qué es lo que te preocupa?

–No estoy preocupada –le aseguró ella–. Este jardín es maravilloso y lo estoy disfrutando.

Él se acordó de las plantas que Billie había cuidado en el apartamento y le remordió la conciencia. Recordó la sensación tan triste que le había dado al ver que, nada más marcharse Billie, las plantas se habían muerto. No obstante, intentó no pensar en aquel periodo de su vida.

–Tenía que haberte comprado una casa con jardín hace mucho tiempo.

–La única vez que he estado en una casa con jardín era cuando íbamos a visitar a mi abuelo –le contó Billie–. Le gustaba plantar verduras para mí. Aunque eso fue antes de que empezase a jugar y a beber, y empezase a llevar una vida mucho menos activa.

Gio frunció el ceño al darse cuenta de lo poco que sabía de la niñez de su esposa. Le sorprendió no haberle preguntado nunca por ella. Supuso que, como esta le había dicho que no le quedaba familia, no había visto la necesidad de profundizar más.

—¿Era un borracho?

—No, decir eso es demasiado. Bebía para evadirse del mal humor de mi abuela, que siempre tuvo un carácter muy agrio. No obstante, aunque bebiese, mi abuelo nunca se ponía desagradable, pero pronto tuvo problemas con el riñón y estuvo enfermo durante mucho tiempo. Fue entonces cuando dejé de ir a clase, porque mi abuela no lo cuidaba como debía y yo me sentía culpable si no hacía algo por él.

—¿Y no recibisteis ninguna ayuda del Estado?

—No, a mi abuela le dijeron que no estaba lo suficientemente enfermo para que le diesen una plaza en una residencia a pesar de que tenía una enfermedad terminal. Cuando murió, me quedé sola con mi abuela... a la que nunca le había caído bien porque decía que le recordaba a mi madre.

Billie hizo una mueca.

—En realidad, no le guardo rencor. Mi madre me dejó allí y no volvió jamás. Y mi abuela era una mujer negativa, a la que todo el mundo le parecía mal. Volví a ponerme estudiar, pero entonces mi abuela enfermó también y tuve que dejarlo.

Gio estaba muy sorprendido con todo aquello.

—¿Y cómo es que me estoy enterando de todo esto ahora? —preguntó, casi como culpándola a ella de la falta de información.

—Gio, hace un par de años, yo no existía para ti

cuando no me tenías delante en carne y hueso –le dijo Billie.

–Eso no es verdad.

–¿No te acuerdas de que en una ocasión te dije que me tenías como metida en un pequeño cajón de un armario, y solo me sacabas en ocasiones especiales? Te lo dije en serio, así era como me tratabas.

Él estaba muy serio.

–Lo que me estás diciendo es que soy el individuo más egoísta del mundo.

–Estabas muy centrado en tus cosas. Siempre que estábamos juntos tú estabas pensando en el trabajo. Además, eras muy consciente de la diferencia social que había entre ambos. Y pienso que preferías que nadie te recordase que me habías conocido trabajando de limpiadora –le dijo ella en tono amable.

–¡No puedo creer que estemos teniendo esta conversación! –espetó él enfadado–. ¡Ni qué tú tuvieses tan baja opinión de mí!

Frustrada, Billie cerró los ojos y contó hasta diez.

–Todo eso forma parte del pasado, Gio. No te estoy atacando, solo estoy siendo sincera. Yo tampoco era perfecta. Me tenía que haber enfrentado a ti, tenía que haberte exigido más, pero era demasiado joven y aquella era mi primera relación.

–Me mentiste acerca de tu edad –le recordó él.

Billie asintió, tranquila, negándose a discutir con Gio acerca de su pasado. Al fin y al cabo, todo había cambiado y estaban empezando de cero.

–Tengo que irme a trabajar –anunció él.

Billie sonrió, sabía que, cuando se veía amenazado emocionalmente, siempre se refugiaba en el trabajo.

–Volveré a la casa contigo.

Gio se llevó el ordenador a la biblioteca, en la que tenía todo lo que pudiese necesitar para poder trabajar. Todavía enfadado, pensó que no era ni había sido nunca una persona egoísta. Aunque Billie sí tenía razón en un aspecto: no tenía sentido darle vueltas al pasado. Así que intentó concentrarse en el trabajo y lo consiguió hasta que se acordó del contrato prenupcial. Llamó al ama de llaves para preguntarle dónde estaban los objetos personales de Billie.

Entonces pensó que ni siquiera al diablo se le habría ocurrido redactar un documento más cruel y egoísta. Y se sorprendió a sí mismo con lo que iba a hacer a pesar de pensar que era probable que Billie nunca sacase aquel documento para volver a leerlo. No obstante, estaba decidido a no correr ni el menor riesgo. Se dijo que antes de aquello siempre había sido honesto con ella. Después, sudando, estudió las cajas en las que estaban todas las cosas de su esposa y reconoció que el contrato prenupcial podía hacerle daño a Billie, y se aferró a esa excusa para justificar lo que iba a hacer.

Era la primera vez que Gio buscaba algo en una caja y le sorprendió ver lo bien que Billie lo había organizado todo. Todas las cajas tenían etiquetas detallas de su contenido. En la tercera estaban los archivadores llenos de documentos, encontró el contrato en el segundo archivador y lo rompió, no sin antes leer sorprendido un certificado de cata de vinos y otro de arte. Y repasó todo el archivo, comprobando las fechas y enterándose de muchas cosas que tenía que haber sabido años antes.

Notó que le picaban los ojos y se sintió extrañamente vacío, como si alguien lo hubiese vaciado sin previo aviso. Volvió a dejarlo todo como lo había encontrado, a excepción del contrato, y fue a tomarse una copa. Se aseguró de destruir completamente el contrato, pero no tuvo la sensación de alivio que había esperado. Había estado leyendo documentos que no eran suyos y se merecía aquella sensación de desazón.

–Theon quiere que vayas a tomar el té con él –le dijo Sofia a Billie alrededor de las tres de aquella tarde–. Es un gran honor.

Billie sonrió.

–Me ha caído bien.

–Pues me parece que es recíproco –admitió la hermana de Gio riendo.

Luego acompañó a Billie a la zona de la casa en la que vivía el anciano.

Un camarero la llevó hasta una gran terraza cubierta en la que la estaba esperando Theon.

–Tengo entendido que esto es un honor –comentó Billie sonriendo.

–¿Cómo has conseguido escapar de Gio? –le preguntó su abuelo en tono de broma.

–He dicho algo que le ha molestado... y se ha refugiado en el trabajo –confesó ella, sorprendida por lo cómoda que se sentía en compañía de Theon.

–He oído la conversación –admitió el anciano, desconcertándola–. Este balcón está justo encima de donde estabais.

Ruborizada, Billie se sentó.

–Bueno, todo queda en familia –comentó.

En realidad, no habían tenido una discusión acalorada ni se habían dicho cosas feas, así que tampoco era tan grave, aunque estaba segura de que a Gio no le gustaría nada saber que su abuelo los había estado escuchando.

–He pensado que estaría bien contarte parte de la historia de nuestra familia, ya que dudo mucho que Gio lo haya hecho –comentó Theon.

–Estoy al tanto del divorcio de sus padres –añadió ella–. Y sé que, después de aquello, perdió el contacto con su padre.

–Dmitri era un hombre débil, aunque a mí me costó muchos años reconocerlo porque era mi hijo...

–Es difícil aceptar los defectos de las personas a las que más queremos –murmuró Billie.

–Tú quieres mucho a Gio, es evidente –le dijo Theon–. Es un hombre muy afortunado.

Billie decidió no intentar contradecirlo y se entretuvo sirviendo el té.

–Espero que sea consciente de la suerte que tiene– comentó por fin–. Es una persona mucho más complicada que yo...

–Por eso te he invitado a tomar el té –le dijo él–. Mucho me temo qué yo soy el culpable de esa complejidad. Me ocupé de educar a Gio desde los once años, cuando falleció su madre.

–No sabía que hubiese faltado siendo Gio tan joven –admitió ella sorprendida mientras ponía mantequilla en un panecillo y se debatía entre la mermelada de frambuesa y la de fresa.

–Ianthe jamás superó que Dmitri se divorciase de ella por Marianne. Y yo no me di cuenta de lo mal que lo estaba pasando la madre de Gio –empezó a contarle Theon–. Tal vez, si mi esposa hubiese vivido, habría sido capaz de prever lo que iba a ocurrir y me habría pedido que ofreciese ayuda para evitar una tragedia.

Billie dejó el panecillo que estaba comiendo.

–¿Una tragedia?

–Ianthe se colgó... y fue Gio quién la encontró –le explicó el anciano–. Y yo me sentiré culpable por ello toda mi vida.

Billie había palidecido.

–No tenía ni idea...

–Eso me parecía, por eso te lo he contado –confesó Theon–. El efecto en Gio fue catastrófico. Había perdido a su padre, su casa, y después a su madre.

Billie sacudió la cabeza lentamente, pensando en lo mucho que Gio y sus hermanas debían de haber sufrido.

–Debió de ser horrible para él –murmuró con el

corazón encogido–. Es posible que se sintiese culpable...

–A mí me preocupaba que Gio hubiese heredado la impulsividad de sus padres y esa intensidad emocional que tan inestables los hacía.

–No lo creo –comentó ella.

–Yo quería asegurarme de que Gio no iba a cometer los mismos errores que su padre. Era demasiada responsabilidad para un niño. Así que supongo que le enseñé valores equivocados –admitió Theon–. Esperaba, quería que se casase con una mujer rica, de clase social alta... y lo conseguí.

–No obstante –lo interrumpió Billie–, Gio es un hombre muy inteligente y completamente independiente, y tomó sus propias decisiones.

–*Ne*... sí, y se casó contigo sin contárnoslo porque no quería arriesgarse a que yo me interpusiese en sus planes.

–Es probable –admitió Billie pensativa–, aunque es posible que no sea completamente consciente de ello porque le cuesta descifrar sus propios sentimientos.

–Tú lo conoces muy bien –se admiró Theon–. Ahora que ya ha pasado la parte más difícil, ¿disfrutamos de la merienda?

Gio estaba hablando por teléfono con Leandros, que le estaba haciendo preguntas muy incómodas que él no podía responder.

–No lo entiendo –le dijo su mejor amigo–. Te casaste ayer. Y has llegado a casa de tu familia hoy. ¿Por qué quieres volar a Atenas solo para cenar en un restaurante elegante?

–Mañana es el cumpleaños de Billie.

–Pues llévala a cenar mañana.

–Quiero hacerlo esta misma noche. ¿Quieres acompañarnos? Aunque, como menciones a Cana-letto, te prometo que te mataré.

–Por supuesto que os acompañaré.

Billie estaba secando a Theo después del baño y poniéndole el pijama cuando Gio apareció en la puerta del cuarto de baño.

Tomó a su hijo en brazos, lo abrazó, le hizo el avión y consiguió que se echase a reír.

–Está cansado –comentó después, al ver que apoyaba la cabeza en su hombro.

–Ha sido un día con muchas emociones y siempre le agota estar con otros niños –dijo Billie, llevando al niño a su dormitorio y dejándolo en la bonita cuna.

–Hay que renovar esta habitación –comentó Gio, mirando a su alrededor.

Billie se echó a reír.

–Está bien. Tal vez tenga detalles que son más de niña, pero Theo no se da cuenta de la diferencia.

–Se decoró para la hija pequeña de Sofia. El parto fue muy difícil y su marido viajaba mucho, así que Theon sugirió que se viniese aquí cuando estuviese sola –le explicó Gio.

–Sofía es encantadora –comentó Billie en tono cariñoso.

–Vamos a salir esta noche –anunció él bruscamente.

–¿Adónde vamos a ir?

–A Atenas.

Aquello la sorprendió.

–¿A Atenas? ¡Pero si acabamos de llegar aquí!

–Solo estaremos fuera unas horas –le respondió Gio–. Vamos a cenar con Leandros y con su novia.

–¿Vamos a celebrar que van a casarse o algo así?

–No que yo sepa. ¿Es que no te apetece salir conmigo? –le preguntó Gio con frustración.

Ella estuvo a punto de decirle que le resultaba extraño que quisiera estar con ella en público, pero se contuvo. No quería sacar a relucir el pasado, teniendo en cuenta que su reciente matrimonio los había llevado a una nueva situación. Suponía que, para Gio, tomar un helicóptero solo para una noche era casi normal. Así que decidió no hacer más preguntas a pesar de que le preocupaba qué debía ponerse para la ocasión.

Se alegró de haber salido a comprar ropa más elegante y cara justo antes de la boda, y escogió un vestido color plomo del vestidor en el que habían colocado cuidadosamente todas sus cosas. Mientras se duchaba y se maquillaba, pensó en la extraña actitud de Gio.

–¿Qué te parece? –le preguntó un rato después, apareciendo ya vestida en el dormitorio.

A él le brillaron los ojos.

–Estás increíble –comentó–. ¿Nos vamos?

Billie se sintió bien a pesar de que seguía sin entender que Gio hubiese estado casado con una belleza como Calisto y que, aun así, su segunda y mucho menos bella esposa también le pareciese increíble.

–¿Vamos a volver a dormir a Letsos? –le preguntó mientras subían al helicóptero.

–Sí, aunque si prefieres que nos quedemos en Atenas, la familia también tiene un piso allí –respondió él.

–No, prefiero estar con Theo a la hora del desayuno, siempre está muy cariñoso y se alegra mucho de verme –admitió Billie.

Cuando el helicóptero despegó, Gio se acercó más a ella y enterró los dedos en su pelo rizado. Le dio un apasionado beso en los labios y eso la sorprendió y también la excitó.

Desconcertada, miró a Gio, que estaba sonriendo de oreja a oreja y acababa de agarrarle la mano. Ella pensó que allí pasaba algo, pero no supo el qué...

Capítulo 9

BILLIE entró en la elegante galería de arte con una mano apoyada en el brazo de Gio. El dueño los recibió con una sonrisa. Mientras les enseñaban la exposición a ellos solos, les ofrecieron vino. En realidad, Billie estaba aburrida, pero intentó que no se le notase.

–¿Ves algo que te guste? –le preguntó Gio, aparentemente sorprendido por el silencio de su esposa.

–No soy aficionada al arte. Y la verdad es que prefiero las obras más tradicionales –admitió en un susurro.

Y entonces vio la inconfundible figura de Calisto al otro lado de la sala y se puso tensa.

–¿Qué demonios...? –murmuró Gio enfadado al verla.

–Yo me ocuparé de esto –anunció Billie, sorprendiéndolo.

Atravesó la habitación con paso decidido, con la copa de vino en la mano.

–¿Cómo sabías que íbamos a estar aquí? –le preguntó directamente a la exmujer de Gio.

A Calisto le brillaron los ojos azules.

–Tengo mis fuentes. ¿No te sientes un poco fuera de lugar en este sitio?

–Me temo que la que está fuera de lugar eres tú. Gio no va a volver contigo –le respondió Billie–. Estás perdiendo el tiempo.

–No lo creo. Estoy al tanto de las cláusulas de vuestro acuerdo prenupcial, por eso sé que no vas a estar con él mucho tiempo –le dijo Calisto–. Lo firmaste sin leerlo, ¿verdad? Qué tonta. ¡Ya verás cuando Gio te vuelva a dejar abandonada en Londres, pero sin tu precioso hijo!

Billie se negó a reaccionar, no quería darle a Calisto semejante satisfacción. Era evidente que aquella mujer la odiaba a pesar de que ella no le había hecho nada, salvo casarse con Gio. Y tener un hijo suyo. Se dijo que tal vez Calisto siguiese enamorada de él, y que el hecho de que Gio se hubiese vuelto a casar tan pronto la había enfadado.

Gio se acercó a ambas y, sin mediar palabra con su exesposa, agarró a Billie del brazo y la sacó de la galería.

–Solo hay dos personas que sabían que íbamos a estar aquí hoy, una de ellas es Damon, en el que confío plenamente –le comentó él–. Ya lo he llamado, se va a ocupar de averiguar quién ha filtrado la información y despedirá al responsable.

–Me parece bien –admitió ella–. Y tal vez deberías deshacerte también del abogado, que dijiste que era su hermanastro, ¿no? Al parecer, ha compartido con ella información confidencial.

Gio frunció el ceño.

−¿Qué clase de información?

Billie se encogió de hombros, como si estuviese refiriéndose a algo trivial. No quería pensar mal de Gio ni creer las palabras de Calisto. Buscaría el contrato prenupcial y lo leería detenidamente, o pediría a un abogado que le echase un vistazo. No obstante, no pudo evitar sentir miedo. Si Calisto tenía razón, su matrimonio no era más que una farsa destinada a que Gio consiguiese la custodia legal de Theo. Y no podía ser así.

−Tu ex es un poco psicópata −comentó mientras se sentaban en la limusina que los estaba esperando.

−Y es probable que yo me lo merezca −admitió él.

−¿Qué te pasa? −le preguntó Billie antes de entrar en el moderno restaurante.

−Nada −insistió él.

A ella le siguió pareciendo que Gio se estaba comportando de manera muy extraña. Este no dejaba de tomarle la mano, como si no pudiese separarse de ella o, lo que era todavía más ridículo, como si tuviese miedo a que saliese corriendo.

Pero eso no iba a ocurrir, se habían casado y ella no iba a marcharse a ninguna parte, pensó Billie mientras Gio charlaba con Leandros y ella intentaba escuchar a la novia de este, Claire, una modelo británica, que le estaba hablando de autobronceadores y de la nueva línea de cosméticos que iba a lanzar.

Gio pasó un dedo por su muslo por debajo de la mesa y ella se puso tensa y no por la caricia, sino por lo que Calisto le había dicho. Iba a tener que hablar con Gio del tema.

Se preguntó si este era realmente capaz de engañarla. Sí que lo era, no tenía la menor duda.

De vuelta al helipuerto, Billie se preguntó cómo podía querer a un hombre así.

—¿Qué te ha parecido Claire? —le preguntó Gio, rompiendo el silencio.

En realidad, lo que quería saber era lo que Calisto le había dicho a Billie.

—Muy habladora y elegante. Agradable.

—Y toda una experta en autobronceadores. Debe de ser estupenda en la cama —comentó Gio en tono irónico.

—¿Por qué dices eso? ¿Es lo primero que pensaste de mí? Porque, sinceramente, yo tampoco tenía mucha conversación intelectual.

—No estamos hablando de ti —le respondió Gio—. Nunca te mostraste tan vanidosa y frívola.

—El aspecto de Claire es la base de su carrera, así que no me parece justo decir que es vanidosa y frívola.

Mientras comentaba aquello, Billie se preguntó por qué estaba discutiendo con Gio de algo que no le importaba lo más mínimo. Se dio cuenta de que estaba nerviosa y se sentía insegura.

Se preguntó qué iba a hacer si el hombre al que amaba resultaba ser su peor enemigo, en vez de ser su marido. ¿Cómo iba a reaccionar si Gio intentaba quitarle a Theo? Se le empezaron a ocurrir ideas absurdas y pasó todo el viaje de vuelta a Letsos en silencio y muy tensa.

—Me gustaría que me contases qué te ocurre —le pidió Gio al ver que Billie no quería agarrarse a su brazo para ir desde el helipuerto hasta la casa familiar.

—Hablaremos de ello dentro, donde nadie pueda oírnos —le respondió ella en un tono frío, que jamás antes había utilizado con él.

Completamente tenso, Gio subió las escaleras detrás de ella. La vio detenerse en el salón que formaba parte de su habitación y quitarse los tacones.

Entonces, Billie lo fulminó con la mirada y empezó:

—Calisto me ha dicho que en el contrato prenupcial que firmé pone algo así como que tú te vas a quedar con Theo en Grecia si rompemos.

Gio palideció, furioso al saber que alguien había filtrado semejante información. No supo qué decir en su propia defensa.

Billie descifró inmediatamente su expresión.

—Así que es cierto... este matrimonio no ha sido más que un cruel engaño.

—El contrato prenupcial ya no existe. He destruido tanto tu copia como la mía y he avisado a mi responsable jurídico de que no quiero que quede ni rastro de él –contestó Gio por fin–. Forma parte del pasado. Jamás tenía que haber hecho algo así.

–¿Y cómo has destruido mi copia? –le preguntó Billie sorprendida.

–La busqué en tus cajas –admitió Gio.

Ella lo miró con incredulidad.

–Me di cuenta de que lo que había hecho no estaba bien y quise destruirla. No quería que te dieses cuenta de lo que había pretendido hacer.

–Pues ya no tienes que preocuparte por ello. Me he enterado de tus planes mucho antes de lo previsto –comentó Billie, consciente de que si Gio había destruido el documento, era porque después había cambiado de opinión.

Al menos, se había dado cuenta de que había hecho algo mal.

Gio la miró fijamente.

–No quería perderte –admitió.

–No querías perder a Theo –lo corrigió ella–. Ojalá hubieses sido sincero desde el principio. Pienso que soy una persona razonable y, desde que reapareciste en mi vida, he estado dispuesta a compartir a Theo contigo de manera honesta y justa.

–Y mi contrato prenupcial fue un golpe muy bajo –admitió él con una humildad que sorprendió a Billie.

–Típico en ti –respondió esta–. Siempre has sido inteligente, malvado y frío.

–Contigo nunca he sido frío. Pedí que redactaran el contrato prenupcial así porque... –Gio dudó–... no porque quisiera quitarte a Theo, sino porque...

–¿Por qué? –preguntó ella con frustración.

–Porque sabía que jamás querrías separarte de él y eso significaba que tampoco podrías separarte de mí.

–Pero si yo no tenía ninguna intención de separarme de ti.

–¡Ya me habías dejado una vez! –protestó Gio.

Billie lo miró fijamente.

–¿No te parece que tenía una buena excusa para hacerlo, teniendo en cuenta que te ibas a casar con otra mujer? –le dijo en tono amable.

Él se quedó inmóvil, como si le hubiese dado una bofetada. Luego suspiró.

–Mi matrimonio con Calisto fue el peor error de mi vida... aunque por aquel entonces pensaba que estaba haciendo lo correcto.

Billie pensó en lo que Theon le había contado acerca de cómo había educado a Gio y en los valores que le había transmitido y contuvo un suspiro.

–No era lo correcto para ti.

–Siento haberte hecho daño –se disculpó Gio, arrepentido–. Si pudiera dar marcha atrás y cambiarlo, lo haría... pero no puedo. Si te sirve de consuelo, también me hice daño a mí mismo. Durante dos años, fui desdichado porque ya no formabas parte de mi vida. Y, desde entonces, el día más feliz fue en el que me enteré de dónde vivías.

Conociendo a Gio, a Billie le sorprendió que estuviese admitiendo todo aquello. No pudo evitar acercarse a darle un abrazo.

—A veces, eres un idiota —le susurró.

—Sinceramente, jamás pensé que me dejarías. Y cuando llegué a casa y la encontré vacía... Bueno, digamos que fue un momento muy duro. Intenté no sentirme mal, pero no pude evitarlo —continuó contándole él—. Calisto también lo pasó mal porque yo no quería estar con ella, quería estar contigo, y cuando desapareciste, solo podía pensar en ti.

Billie entendió entonces que la exmujer de Gio la odiase tanto.

—¿Y ella, te quería? Supongo que se sintió celosa y dolida...

—No, ella tampoco me quería. Si no, jamás habría accedido a casarse conmigo sabiendo que yo quería que siguieses en mi vida.

—¿Le habías hablado de mí? ¿Te dijo que podías seguir viéndome? —inquirió Billie con incredulidad.

—Yo preferí ser sincero con Calisto desde el principio. Lo que ella quería era conseguir una determinada posición social. Su familia tiene dinero, pero no tiene estatus. Quería ser la esposa de Gio Letsos por lo que eso conllevaba. Por desgracia, yo no soporté vivir con ella —admitió Gio, haciendo una mueca—. Era desagradable con mi familia y mentía incluso acerca de las cosas más triviales. Después de haberme prometido que me daría una familia, me confesó que no quería tener hijos. En resumen, que ninguno de los dos estábamos satisfechos con nuestro matrimonio, así que Calisto accedió a que nos divorciásemos.

–Entonces, ¿por qué está ahora intentando hacerme daño a mí?

–Lo único que se me ocurre es que se sintió dolida al ver que te deseaba más a ti que a ella. El hecho de que me haya casado contigo nada más divorciarme con ella, la ha ofendido también, pero no te preocupes más por eso. El abogado que le ha dado la información no va a seguir formando parte de mi equipo, y a Leandros tampoco le cae bien, así que no le va a dar ninguna información con respecto a nuestra vida.

Billie decidió apartar el tema de Calisto de su mente, y entonces recordó lo que Gio acababa de contarle acerca del contrato prenupcial.

–¿Y por qué tenías miedo de que volviese a marcharme? –le preguntó en un hilo de voz.

–Mi padre me había dejado, mi madre también, y tú eras todavía más importante que ellos en mi vida –admitió Gio, haciendo un evidente esfuerzo por darle una explicación–. Cuando encontré a mi madre muerta, aprendí a cerrarme a las emociones porque era la única manera de soportar semejante cambio en las vidas de mis hermanas y la mía. Todo lo relacionado con las emociones era una amenaza, y no me gustaba nada darme cuenta de que te necesitaba...

A Billie le sorprendieron tanto aquellas palabras que solo pudo decir:

—Oh, Gio...

—Después de haberte encontrado, no podía permitir que me volvieses a dejar.

—Pensé que te pondrías furioso si te enterabas de la existencia de Theo, y ya me habías hecho daño antes, no quería volver a sufrir —le dijo ella.

—Lo hice todo mal, pero no quería volver a perderte. Aun así, jamás debí utilizar el pasado de Dee para retenerte.

—No, eso no estuvo bien —dijo Billie—. Me chantajeaste para que te acompañase al hotel.

—Quería que estuvieses conmigo.

—Y luego me dejaste allí sola —le recordó ella.

—Los sentimientos que tenía por ti me estaban superando —comentó él—. No era capaz de controlarlos y me sentía enfadado y frustrado, y tenía miedo de espantarte.

—Yo no sabía cómo te sentías porque nunca has compartido nada conmigo —murmuró Billie.

Gio se metió la mano en el bolsillo y sacó una caja pequeña en la que había un anillo con un diamante.

—Son las doce y cinco de la noche, así que ya es tu cumpleaños, *pethi mou*. Felicidades.

Tomó su mano y le puso el anillo.

—Era de mi abuela y ahora te pertenece a ti. Mis abuelos fueron muy felices en su matrimonio y espero que nosotros lo seamos también.

Billie miró el anillo con lágrimas de felicidad en los ojos.

–Tenía que habértelo regalado hace dos años, pero entonces no era consciente de lo que sentía por ti –admitió Gio–. No me había parado a evaluar lo que significabas para mí y, cuando por fin lo hice, ya era demasiado tarde y te habías marchado. Incluso después de volver a encontrarte y casarme contigo, seguía sin darme cuenta de que lo que sentía era amor.

–¿Amor? –exclamó ella sorprendida.

–Sí, te amo –declaró Gio–. Es probable que te haya amado siempre, pero era un amor egoísta, así que no lo reconocí, y es evidente que tú tampoco podías hacerlo.

–Gio... acabas de decir que eras egoísta... –comentó ella divertida.

–Me di cuenta cuando vi todos tus certificados de hace dos años... Ni siquiera sabía que hubieses estado haciendo cursos y estudiando... No sabía nada –admitió–. Ojalá me lo hubieses contado.

–Me sentía avergonzada. Tú tenías estudios y yo me estaba preparando cursos muy básicos. Dios santo, ¿por eso me has llevado a esa galería de arte?

–Pensé que te gustaría –admitió él.

–Solo hice el curso por el tema de Canaletto –comentó ella–, pero, si te soy sincera, ya me da igual.

–Yo tampoco soy un experto en arte. Y no cambiaría nada de ti. Me siento orgulloso de cómo eres y estoy feliz de estar contigo. Es un verdadero orgullo que seas mi mujer –le aseguró Gio sonriendo de oreja a oreja antes de tomarla en brazos y llevarla hasta la cama.

–¿De verdad? –preguntó ella.

–De verdad. Ojalá me hubiese dado cuenta antes de lo que sentía por ti, porque nos habríamos ahorrado mucho sufrimiento.

–Aun así, yo también te quiero –admitió Billie sonriendo.

–Pues no entiendo por qué.

–Tal vez porque he conocido una parte de ti que otras personas no ven. No sé. El caso es que siempre te he querido –reflexionó Billie, relajada por primera vez en mucho tiempo al saber que su amor era correspondido.

–Estoy seguro de que te quiero más de lo que tú me quieres a mí –dijo Gio antes de darle un beso–. Lo siento, pero ya sabes cómo soy de competitivo.

–Pues en esto te dejo ganar –bromeó Billie.

Billie vio cómo Theo se bañaba en el mar con Jade y Davis mientras Gio vigilaba a los demás niños.

–¿Sabes una cosa? –comentó Dee desde su tumbona, justo delante de la casa de la playa–. Gio es completamente distinto a como me lo imaginaba. Para empezar, es estupendo con los niños.

–A mí también me ha sorprendido en eso –le confesó Billie mirando a su hija de seis meses, que estaba durmiendo a la sombra, en una cuna de viaje–. Adora a Ianthe y es increíble lo mucho que le gusta tener una familia.

–También te adora a ti –le comentó Dee–, es evidente, por cómo te mira.

–Tal vez tú también encuentres el amor pronto –comentó Billie en voz baja, sabiendo que su prima había empezado a salir con alguien.

Todavía era pronto para saberlo, pero esperaba que Dee fuese lo suficientemente valiente para darle otra oportunidad al amor.

Hacía dos años que ella se había casado con Gio y, en esos momentos, estaba en proceso de venderle su tienda de ropa *vintage* a Dee. En ese tiempo a Billie le había cambiado mucho la vida, pero Gio había cambiado también. Jamás sería amigo de Dee, pero era capaz de relajarse en su presencia y aceptar que esta fuese importante para Billie. Tal vez gracias a sus hijos, se había convertido en un hombre más flexible.

Theo estaba muy alto para tener tres años, había heredado eso de los Letsos, y también tenía el pelo moreno de su padre, y los rizos de Billie. Por su parte, Ianthe era también una mezcla de ambos, tenía los ojos tan verdes como su madre y la piel más clara que su hermano, pero el pelo tan liso como el de su padre.

Billie entró en la casa para buscar algo de beber

y miró a su alrededor con una sonrisa porque sabía que Gio y ella iban a pasar la noche allí. Dee y los niños iban a volver a casa por la tarde e Irene, su fiel niñera, recogería a Theo y a Ianthe para llevárselos a la casa principal.

Desde que se había casado con Gio, Billie había aprendido a disfrutar al máximo del tiempo que pasaban juntos. Gio viajaba menos que cuando se habían conocido y vivían la mayor parte del tiempo en la isla. Ella se llevaba muy bien con la familia Letsos, sobre todo con sus hermanas, así que nunca se sentía sola. Había ocasiones en la que le entraban ganas de pellizcarse, porque jamás había soñado que llegaría a ser tan feliz.

Un par de brazos la atraparon por detrás y ella se sobresaltó.

–¿Gio?

–¿Quién si no? –preguntó él en tono de broma.

–Me has asustado –susurró ella, girándose entre sus brazos para mirarlo–. ¿Quién está con los niños?

–Dee.

Billie lo miró a los ojos y lo abrazó por el cuello, tenía el pulso acelerado.

–Sigue usted dejándome sin aliento, señor Letsos –admitió.

Gio sonrió de manera muy sensual.

–Hasta esta noche, nada, *agapi mou*.

Siempre la llamaba mi amor y Billie lo entendía porque había aprendido bastante griego. Apretó su cuerpo contra él y le dijo:

–Te quiero, Gio...

–Y yo te adoro a ti –respondió este con voz ronca, inclinando la cabeza para darle un beso que se prolongó hasta el momento en que ambos necesitaron volver a respirar.

Bianca.

Nunca fue buena idea mezclar los negocios con el placer...

Jake Sorenson era un célebre playboy y un productor musical de primera, pero cuando se trataba del trabajo nunca sucumbía a la tentación, ni siquiera cuando tomaba la forma de una belleza como su último descubrimiento, Caitlin Ryan. Ella, por su parte, estaba decidida a concentrarse en la música, pero jamás había conocido a un hombre tan imponente como Jake, y el deseo que sentían el uno por el otro no tardaría en ir en aumento. Tras probar las mieles de la rebelión, parecían estar a punto de infringir las reglas más estrictas...

Escucha mi canción

Maggie Cox

Acepte 2 de nuestras mejores novelas de amor GRATIS

¡Y reciba un regalo sorpresa!

Oferta especial de tiempo limitado

Rellene el cupón y envíelo a
Harlequin Reader Service®
3010 Walden Ave.
P.O. Box 1867
Buffalo, N.Y. 14240-1867

¡Sí! Por favor, envíenme 2 novelas de amor de Harlequin (1 Bianca® y 1 Deseo®) gratis, más el regalo sorpresa. Luego remítanme 4 novelas nuevas todos los meses, las cuales recibiré mucho antes de que aparezcan en librerías, y factúrenme al bajo precio de $3,24 cada una, más $0,25 por envío e impuesto de ventas, si corresponde*. Este es el precio total, y es un ahorro de casi el 20% sobre el precio de portada. ¡Una oferta excelente! Entiendo que el hecho de aceptar estos libros y el regalo no me obliga en forma alguna a la compra de libros adicionales. Y también que puedo devolver cualquier envío y cancelar en cualquier momento. Aún si decido no comprar ningún otro libro de Harlequin, los 2 libros gratis y el regalo sorpresa son míos para siempre.

416 LBN DU7N

Nombre y apellido	(Por favor, letra de molde)

Dirección	Apartamento No.

Ciudad	Estado	Zona postal

Esta oferta se limita a un pedido por hogar y no está disponible para los subscriptores actuales de Deseo® y Bianca®.
*Los términos y precios quedan sujetos a cambios sin aviso previo.
Impuestos de ventas aplican en N.Y.

SPN-03   ©2003 Harlequin Enterprises Limited

A SU MANERA

KATHIE DeNOSKI

El ranchero T. J. Malloy no se lo pensó dos veces a la hora de salvar de una riada a una mujer y a su hijo y llevárselos a su rancho, aunque esa mujer fuera Heather Wilson, la vecina con la que llevaba varios meses litigando. Heather no solo resultó ser irresistiblemente atractiva, sino que necesitaba con desesperación la ayuda que solo él podía darle.

La pasión no tardó en desbordarse con la misma intensidad

que la crecida del río, y T. J. se propuso mantener a Heather con él... ¡bajo sus condiciones!

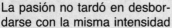

Quería hacer las cosas bien con ella,
a su manera...

¡YA EN TU PUNTO DE VENTA!

**Samarah debía decidir: prisión en una celda...
o grilletes de diamantes al convertirse en su esposa**

Tras haber esperado su tiempo, la princesa Samarah Al-Azem por fin estaba lista para acabar con Ferran, el enemigo de su reino y el hombre que le había arrebatado todo. En la quietud de la noche, le esperó agazapada en su dormitorio...

No era la primera vez que el jeque Ferran se veía al otro lado del cuchillo de un asesino... pero nunca lo blandía una agresora tan bella. Pronto la tuvo a su merced, algo que llevaba años deseando...

Un reto para un jeque

Maisey Yates